내 인생의 컬러 팔레트

경단녀에서 창업자로

내 인생의 컬러 팔레트

김희연 에세이

이유출판

23년간 직장을 다녔고, 7년째 사업을 이끌어오고 있다. 사업이 정상 궤도에 올라 있는 내게도 흐릿한 미래 앞에 정답 없는 질문을 던지던 때가 있었다. 해상도 낮은 흑백 TV 화면처럼 명도만 다른 무채색으로 가득하고 삶이 온통 뿌연 회색빛으로 보이던 시절. 결혼이란 울타리로부터 독립할 때 특히 그랬다. 삶에는 정해진 답이 없었다. 부딪히며 스스로 만들어가는 길이 답이 되어갔다.

'나는 왜 계속 일해야 하지?'
억울한 느낌도 없지 않았다. 지금도 종종 비슷한 질문을 한다. 가정을 돌보며 반복되는 일상이 가치 없다는 것이 아니다. 허나 그것만으로 인생을 채우기엔 인간의 수명이 너무 길다. 중년의 내가 어느 날 문득 거울을 보며 '이렇게 살고 싶지 않았는데…….' 하고 씁쓸해할지 모른다.

그걸 무시하면 안 된다. '내 팔자가 그렇지, 뭐.' 하고 넘어가면 안 된다.

난 흑백 화면에서 뛰쳐나와 컬러풀한 나의 인생을 만들기로 했다. 넘어지고 부딪힐지언정 평생 나를 내버려두지 않았다. 인생의 큰 번개를 맞고 널브러졌을 때, 멍청한 판단으로 늪에 빠졌을 때, 내가 주인공이었던 무대에서 내려와야 할 때도 도전을 멈추지 않았다. 실은 불안해서 가만히 있지 못했던 것이지만, 그 불안이 나를 삼켜버리지 못하게 "왜?"라고 외치며 답을 구하고 다녔다.

자기만의 컬러를 가진 멋진 커리어우먼이 되어 활기차게 일하고 싶었다. 오랜 시간 그것을 나의 이미지로 삼고 어려울 때마다 떠올렸다. 그 모습을 마음에 새기며 나를 일으키고 또 다른 일을 할 수 있었다.

100세 시대를 일컫는 요즘 인생에 자신만의 컬러를 채우고 싶은 이들이 이 책을 읽고 용기를 내길 바란다.

2025년 3월
김희연

목차

2.
빨갛고 타이트한 직장 생활

3.
좌충우돌 무지갯빛 사업

4.
나만의 컬러로 창업하라

1

빛깔 없는 그레이 시절

너는 좀 그레이하잖아

첫 직장으로 광주 MBC 방송국에 취직할 즈음이었다. KBS에 먼저 입사한 아카데미 남자 동기가 어느 날 내게 말했다.

"너는 좀 그레이하잖아."

그레이Grey는 무채색 중 하나다. 빛의 밝기에 의한 명도 차이로 구분은 가능하지만 컬러와 채도가 없어서 사실 '색'으로 칭하기 어렵다. 모든 빛을 반사하면 흰색이 되고, 전 영역에서 고르게 모든 빛을 흡수하면 블랙이 된다. 그 사이에 반사도에 따라 그레이, 잿빛, 차콜 등으로 차이가 생긴다. 차분한 분위기를 주는 색이라고 느껴지며, 자연물의 상징인 그린 컬러와 대비되는 인공물의 상징으로 자주 사용되기도 한다. 생동감이 떨어지고 우울한 분위기를 드러낼 때에도 회색이 쓰인다.

내가 '회색분자'같다는 말일까? 아리송했지만 그 말에 대한 각인이 있어서인지 나는 최대한 활짝 웃으며 뉴스 원고를 읽어 내려갔고, 카메라 실기 테스트에 합격했다.

'그레이로 보이는 나.' 마음속에서 내내 그 말이 걸렸다. 암울하고 불행한 사건 사고를 보도할 때 여자 아나운서는 어떤 표정을 지어야 할까? 광주는 서울에서 너무 멀고 눈이 자주 내렸다. 내겐 낯설기 그지없는 곳이었다. 주말마다 서울 집을 오갔다. 월요일 아침 9시 50분 뉴스 스탠바이 시간을 맞추기 위해 새벽 5시 30분에 출발하는 광주행 버스에 몸을 실었다.

광주가 싫진 않았다. 가끔 오전 뉴스를 마치고 점심시간에 시내를 나가면 수줍게 다가오는 아주머니들도 있었고, 방금 텔레비전에서 봤는데 여길 나와 부렀냐며 괄괄하게 아는 척을 하는 분들도 있었다. 1993년 그 시절, 전라남도 광주에서는 연예인을 볼 일도 없었고 인터넷은 상상도 못할 일이었다. 택시를 타고 "MBC로 가주세요." 하고 행선지를 말하면 기사님은 연신 룸미러로 나를 흘끔거리며 표준말만 구사하는 23살 방송국 아가씨에게 말을 걸고 싶어 했다.

SBS로 옮겨서 「생방송, 서울의 아침」이란 프로그램을 할 때 난 연애 중이었다. 이듬해 결혼이란 걸 해버렸다. '해버렸다'는 표현이 정확하다. 결혼은 독립할 수 있는 공식적인 루트였고, 나는 빨리 독립하고 싶었다. 누구나 그렇게 한다고 생각했다.

친구들이 노래방과 클럽에 다니며 내게 연락할 때 나는 방송을 하고 결혼을 하고 딸을 낳았다. 많은 직장 여성이 그러하듯이 육아를 위해 일을 쉬게 되었다. 20대 중반에 나는 벌써 아이 엄마에 전업주부이자 아줌마가 되어버렸다. 나 자체는 그리 달라진 게 없는데 나를 지칭하는 단어는 달라졌다. 그러던 어느 날, 예전에 함께 일하던 방송 작가에게서 연락이 왔다.

1990년대 중반에 지상파 3사뿐만 아니라 각 언론사의 종편과 케이블 방송들이 우르르 생겼다. 그는 새로운 방송사 신규 프로그램의 진행자를 찾는다며 PD와 인터뷰할 것을 제안했다. 일정이 잡히고 다시 일할 수 있다는 기대감으로 인터뷰에 나갔다. 인터뷰는 얼마 걸리지 않았다.

"에이, 그래도 20대 초반의 팔팔하고 통통 튀는 애들도 많은데……."

뒤끝을 흐리는 PD의 말에 뒤통수가 얼얼했다. 27살이 방송하기엔 늦었다는 말인가. 아니면 내가 나이보다 늙어 보인단 얘긴가. 당황스러웠다.

또 한번은 CF 단역 출연자를 찾는다는 연락이 왔다. 아이와 같이 와도 좋다고 하기에 딸아이를 데리고 스튜디오로 갔다. 처음엔 내 독사진을 찍고, 그다음엔 딸아이와 함께 찍었다.

"역시 애 엄마라 아이랑 찍은 컷이 훨씬 자연스럽네요."

이런 경험들은 날 방송 필드로 돌아갈 수 없게 만들었다. 난 취집에 머무르게 되었다.

이걸로 된 걸까? 시집으로 취업했고, 더없이 예쁘고 사랑스러운 딸까지 있다. 이게 다인가? 한 남자의 아내, 딸아이의 엄마, 누군가의 며느리 그리고 아줌마이자 전업주부라는 타이틀로 나의 정체성은 완성된 것인가? 나는 어리둥절해졌다. 27살인 나는 37살에도, 47살에도 쭉 한 남자의 아내, 딸아이의 엄마, 누군가의 며느리 그리고 아줌마이자 전업주부일 것 같았다.

16년을 공부해서 대학까지 나오고, 아나운서가 되고, 결혼하고 딸을 낳고, 결국 이렇게 되고자 했던 건가?

답을 알 수 없었다. 내가 아는 것, 배운 것 안에는 저 질문에 대한 답이 없었다. "여자 사는 게 다 그렇지." 하시는 할머니, 시어머니, 엄마 그리고 드라마에 나오는 목소리들이 들렸다. 하지만 막상 내가 '그렇게 사는 여자가 되었다.'라는 현실은 황당하기만 했다. '너는 좀 그레이하잖아.' 예전에 동기가 했던 말이 문득 떠올랐다. 지금 내 현실이 바로 그레이, 회색빛이었다.

전업주부 퍼포먼스

당황한 마음으로 주저앉아 있자면 의문과 불안이 몰려왔다. 어쩌지? 어떡하지? 앞으로 남은 인생 동안 매일 뭘 해야 하지?

딱히 대단한 일이 떠오르지 않았다. 대단한 일을 하고 싶은 것은 아니었지만 주부로서 앞날이 그려지지 않았다. 목표나 프로젝트, 미래도 없었다. 아침에 일어나면 남편을 챙겨서 내보내고 아이 밥을 먹인다. 집을 정리하고 빨래를 돌리고 청소기를 돌린다. 아이랑 놀아주고 또 밥 챙겨 먹이고 잠시 앉아 빨래를 개거나 부엌을 정리한다. 장을 보고 저녁 준비를 하고 먹고 또 치운다. 자고 일어나 똑같은 아침을 맞는다.

좋은 기억이 별로 없는 신혼집에서 첫 이사를 한 후, 주부로서 일단 지금 하는 일을 잘해보자고 마음먹었다. 달리 더 할 수 있는 것이 떠오르지도 않았다. 한 남자의 아내가 된 이상 그가 멋진 남성의 모습으로 출근하고 돌아와 잘 쉬도록 먹이고 입혔다. 남자는 잘 먹을 줄도 모르고 잘 입을 줄도 몰랐다. 아침이면 샤워를 하고 내가 준비한 근사한 스킨 향을 풍기며 매끈한 얼굴에 잘 차려진 옷을 입고 출근했다. 그리고 밤이면 돌아와 널브러졌다. 아침마다 그를 배웅하고 대문을 닫으면서 나는 뿌듯하기는커녕 이유도 모르게 성질이 났다.

딸을 기르는 엄마로서 한 유아의 성장에 헌신했다. 딸은 나처럼 키우고 싶지 않았다. 보고 들은 대로만 하는 부모는 그 집안의 나쁜 습관을 대물림시킨다. 나는 절대 그러고 싶지 않았다. 폭력적이고 거칠며 이기적인 집안의 일면들을 하나도 딸아이에게 전해주고 싶지 않았다.

유치원 교사이던 언니가 던져준 육아책을 비롯해 아이를 잘 키우기 위한 방법서들을 찾아 읽었다. 신기하게도 아이는 책에서 일러준 대로 바람직한 반응을 보여주었다. 엄마 역할은 처음이었지만 아이와 24시간 붙어 있으면서 아이의 특성들을 파악했다. 그에 맞는 교육서들을 읽고 딸에게 실천했다.

　딸아이는 놀이 삼아 나와 설거지를 같이 하는가 하면, 김치를 담글 때에도 같이 앉아 케이크 칼로 배추를 다듬었다. 빨래를 널며 "양말" 하면 "만냥!"이라고 따라하는 귀여운 딸과 방바닥 청소를 함께하며 놀았다. 한편으로 안 되는 것과 되는 것의 선을 명확히 가르쳤다. 일관성을 지키며 '엄마는 감정적이고 변덕스러운 사람'으로 인식하지 않도록 조심했다. 난 엄격하지만 안전한 엄마였다. 순하고 낙천적인 내 딸은 나를 별로 어렵게 하지 않았다. 순둥이 엄마바라기로 매일 건강하게 자랐다.

　반대하는 결혼을 했던 나는 며느리로서도, 딸로서도 잘 사는 모습을 보이고 싶었다. 일찍 아이를 낳은 덕에 양가를 들를 때마다 언제든 환영받았지만 그만큼 부담스럽기도 했다. 음식을 해서 친척들과 나눠먹는 것을 즐기던 시어머님을 도울 때면 직장만 다니던 어린 애가 언제 그렇게 살림을 바지런하게 배웠느냐는 칭찬을 들었다. 계절마다 김치를 담가 시댁에 들고 가고, 시어머니 생신이나 어버이날엔 특별한 음식을 해서 잘 보이려 노력했다. 정월 대보름이 오면 오곡밥을 짓고 묵은 나물을 가짓수대로 만들어 시댁에 가져다드릴 만큼 며느리 부심을 부렸다. 엄마는 우리 집 현관을 들어서며 "닦아대다가 다 닳겠다!" 칭찬 아닌 칭찬을 했다.

아이를 데리고 다니니 더 이상 아가씨라고 불리지 않았다. 아이 때문이 아니라 내가 정말 푹 퍼진 아줌마가 된 걸까 싶기도 했다. 미혼인 친구들이 집에 놀러 오면 "나 아줌마 같아?"라고 묻곤 했다. 젊은 나이에 출산했기에 임신 전 몸으로 돌아오는 건 빨랐다. 성격이 예민해서 조금만 신경을 써도 위장 장애를 앓는 체질이라 살이 찔 새도 없었다. 그런데도 "아줌마, 좀 비켜요!" 하는 소릴 들을 때면 실패자가 된 듯 마음이 내려앉았다.

주부이며 엄마, 며느리, 아내 역할을 공부했다. 그것들을 잘하기 위해 노력하며 즐겁고 뿌듯했다. 시어머니는 아들에게 네가 여자 복은 있다며 무심히 말했다. 그런 칭찬과 찬사는 한동안 나의 자긍심을 채워주었다. 평일 낮에 집에 놀러 온 친구들에게 점심을 차려주면 "어머, 너 원래 이런 사람이었니? 학교 때는 상상도 못하던 모습이다, 야."라며 맛있게 먹어주었다. 주부 퍼포먼스가 반복되며 난 어느새 '원래 잘하는 주부'가 되어 있었고, 다들 그게 당연하다 생각했다. 나는 이런 20대 중후반의 매일이 좋았을까?

반항 한 번 없던 내 인생에서 처음으로 고집대로 악을 써서 원하는 가정을 이루었다. 예쁜 딸까지 낳아 키우고 있건만, 두 번째 집으로 이사해 그야말로 평범하고 깔끔하게 살고 있건만, 아이가 잠시 잠들거나 혼자 나를 마주하는 밤이 올 때면 마음이 한없이 먹먹했다.

나는 스스로를 관찰하고 마주하는 방법을 배우지 못했다. 마음의 여유는 점점 줄어들고 살림의 재미도 줄어갔다. '누구나 이러고 사는 건가?'

그러다가도 잠들기 전, 혹은 딸아이가 낮잠을 자는 시간에 쪼그려 앉아 혼자 빨래를 갤 때면 이게 뭘까 싶어 먹먹하게 가라앉았다.

집안일 중 새로운 것을 궁리했다. 딸아이가 서너 살이 되었을 즈음 집안일과 살림에 대해선 이골이 나서 웬만한 청소, 빨래, 부엌일을 오전 안에 끝낼 수 있게 되었다. 오후 4~5시에 저녁을 준비하기 전까지 여유가 생긴 것이다. 나는 우두커니 앉아 멍 때리고 TV를 보거나 누워서 쉬지 못하는 성격이었다. 여유 있는 낮 시간이면 아이를 놀이터에 데리고 나와 놀아주기도 하고, 나와 비슷한 시기에 결혼해 아이가 있는 친구를 만나곤 했다. 이 시기엔 집에 컴퓨터가 없었다.

딸아이가 낮잠 자는 동안 일본 여행에서 봤던 예쁜 컬러 천들과 자수책, 재봉책들을 꺼내 보기 시작했다. 패브릭을 좋아해서 손수건을 모으던 난 어릴 때부터 손재주가 좋다는 말을 많이 들었다. 마침 시집올 때 가져온 친정엄마의 커다란 재봉틀이 있었다. 재봉을 해보기로 했다.

동대문 원단 시장을 들락거리기 시작했다. 처음엔 딸아이의 헤어밴드나 리본 핀 같은 작은 소품을 만들었다. 곧이어 딸아이의 치마나 원피스를 만들어 입혔다. 너무 예쁘고 사랑스러워서 직접 만든 옷에 머리핀까지 세트로 차려입히고 함께 외출해 사진을 찍었다. 당시 인터넷이 가능했다면 블로그를 했을 것이다.

퀼트 천들을 사다가 홈패브릭 제품을 만들고 그 위에 프랑스 자수를 놓았다. 주전자 덮개, 전기밥솥 덮개, 냄비 받침 등을 만들고 친정엄마에게도 선물했다. 돌아온 대답은 "그런 거 많이 하면 여자 팔자 사나워진다."였다. 손도 까딱 안 하고 살림이라곤 할 줄 모르는 여자들이 더 편하게 살더라는, 엄마의 경험에서 우러나온 말이었다. 자라면서 엄마에게 이런 관습적인 이야기를 들을 때면 나는 언제나 속으로 반발심이 들었다. '아닌데? 나는 이런 것도 잘하며 팔자 좋게 사는 여자가 될 건데?'

남편은 알 리가 없었다. 내 손으로 이루어낸 집 안의 소소한 변화를. 딸아이의 옷을 재단하고 재봉질을 하느라 얼마나 손이 많이 갔는지를.

동대문에서 원단을 고르고 골라 천을 떼고, 집에 와 펼쳐놓고 여러 장 부위별로 재단을 했다. 시침과 본침을 거쳐 정밀하게 가위질을 했다. 바이어스까지 대고 재봉틀로 시접을 박은 후 일일이 손으로 단추와 장식을 달았다. 조물조물 빨아서 깔끔하게 다림질까지 해야 애기씨가 입을 조그맣고 아기자기한 원피스가 탄생했다. "예쁘다. 우리 딸, 엄마가 만들어줘서 좋겠네?" 정도면 최고의 찬사였다. 그리고 "밥이나 먹으러 나가자." 가 이어졌다. 언제나 그놈의 밥이 결론이었다.

스스로 만족감이 없었던 것은 아니다. 이때가 아니면 또 언제 내가 이렇게 딸아이를 위해 재봉틀을 돌리며 옷을 만들어주겠냐고 자기 위안도 했다. 그 정도에 머무르면 좋았을 텐데 일이 점점 커졌다. 이젠 이불, 침대 커버, 베개 커버 등의 침구류와 창에 걸 커튼까지 직접 만들기 시작했다. 원단 더미 자체의 사이즈가 달라졌다. 천들을 끊어와서 집안일과 아이 돌보기 틈틈이 작업을 했다.

나는 집 안에 무언가가 어질러져 있는 걸 싫어한다. 지금도 많은 살림이 바깥에 드러나지 않게 구역별로 정리되어 안에 들어가 있다. 나의 정리 모토는 단정하고 깔끔한 호텔 스타일이다. 그런데 침대 커버나 커튼을 작업할 때면 온 마루가 천과 먼지로 가득했고, 아이는 발로 천을 쓸며 신나게 돌아다녔다. 그러다 저녁 식사를 준비할 시간이 되면 다시 모든 것을 고이 접고 재봉틀까지 거두어 방 한구석에 밀어 넣었다. 온종일 이 집에서 아무 일도 없었다는 듯 깔끔한 상태로 만들고서야 저녁 식사 준비를 시작했다. 이후에 들어온 남편은 당연히 내가 낮에 무엇을 했는지 알 수 없었다. 관심도 없었을 것이다.

밤에 잠을 설치기 시작했다. 잠이 들었다가 새벽에 깨면 오만가지 생각으로 머릿속이 괴로웠다. 캄캄한 방 코고는 남편 곁에서 뒤척거릴 바에 벌떡 일어나서 낮에 하다 만 패브릭 작업을 했다. 작은 방에서 원단을 펼치고 초크로 아이 옷을 재단하는 나를 흔들며 남편이 뭐 하냐고 물을 때면 시계가 새벽 4시 반을 가리켰다. 그렇게 몇 날 며칠을 작업해서 침대 이불과 베개 커버를 완성해 침실을 새롭게 정리했다. 출장 다녀오는 남편의 일정에 맞춰 주말 아침 의기양양하게 침실을 열어젖히며 "어때?"하고 물으면 외치면 남편은 "응, 이거 한 거야? 예쁘네." 한마디 했다. 세트 원단을 끊어와 또 며칠 동안 새 커튼을 만들고 한나절 낑낑대며 커튼을 새로 걸어놓아도 반응은 마찬가지였다.

겨울이면 대바늘로 목도리를 떴고 여름이면 코바늘로 새로 태어난 조카의 모자를 떴다. 임신 때는 잠깐 배웠던 십자수를 다시 꺼내 근사한 사계절 액자를 만들어 걸었다. 별의별 오지랖을 다 떨며 주부 퍼포먼스를 해냈다.

그 모든 활동은 무엇을 위해서였을까?

인정받고 싶었다. 나 여기 있다고. 이 많은 일을 해낸 사람이 바로 나라고. 당신의 아내, 당신의 딸, 당신의 며느리, 너의 엄마가 여기 있다고. 이 모든 '여자의 일들'은 그저 잘하면 본전인 그런 일이 아니라고.

'그레이'하던 어린 나는 결혼, 출산과 함께 아줌마라는 블랙홀에 갇혀 어둠 속 그림자가 되었다. 나를 가린 채로 살았다. 깊은 암흑 속에서 무언가에 눌려 소리치지 못했다. 이 숨통 조이는 곳에서 나를 구해달라고 말하지 못했다.

취집은 내게 이런 것이었다.

너는 어떻게
나보다도 너를 모르냐?

내가 만들어낸 결과물들은 값이 없었다. 집안일은 월급도 없었다. 전 남편은 "내가 월급 다 너 갖다줬는데 무슨 소리냐?"라며 큰소리를 쳤다. 자잘하고 손 많이 가는 살림살이를 빠짐없이 알아주는 사람은 없었다. 칭찬은 고사하고 고마워하거나 같이 즐거워해주는 사람도 없었다.

답을 알 수 없는 질문들이 머릿속을 맴돌았다. 뭐가 잘못된 것인지 아니면 잘하고 있는 것인지 알 수가 없었다. 옛날 엄마들은 어떻게 그걸 평생 묵묵히 해냈을까? 이 모든 걸 자기만족으로 여기고 산 걸까? 주부의 삶을 받아들이지 못하는 내가 이상한 건가? 나는 왜 모든 집안일을 하고 있을까? 나는 식모인가? 가족들을 위해 매일같이 하는 모든 일을 다른 주부들은 스스로 만족해할까? 여성은 다들 취집해서 편하게 살고 싶어 한다는데, 몇 년을 해도 왜 나는 편하고 행복하지 않을까?

답답했다. 살림과 육아만 하면서 앞으로 50년 이상을 이렇게 계속 살아야 한다는 게 믿기지 않았다. 난 이제 20대 후반이었다. 밥하고 애 키우고 신랑 뒷바라지하고 시댁에 봉사하며 사는 게 나머지 인생이라니.

주위 사람들을 떠올려보았다. 내 엄마는 45살, 아버지와의 사별 이후로 한 번도 나가서 일한 적이 없다. 결혼한 친구 중 대학 졸업 후 정규직으로 취업한 사람은 1명도 없었다. 할머니는? 고모는? 이모는? 마찬가지였다. 대학에서 유아교육과를 졸업한 언니만이 결혼하고 조카를 낳은 후에도 유치원 교사로 일하고 있었다. 내 주변에 신여성은 언니 하나였다.

내게 늘 불안을 주는 네 가지 문제가 있었다. 첫째, 사람은 어떻게 살아야 잘 사나. 둘째, 남녀 간에 어떻게 살아야 평화스럽게 살까. 셋째, 여자의 지위는 어떠한 것인가. 마지막으로 넷째, 그림의 요점이 무엇인가. 이것은 실로 알기 어려운 문제다. …… 이태리나 불란서 그림계를 동경하고 구미(歐米: 유럽과 미국) 여자의 활동이 보고 싶었고 구미인의 생활을 맛보고 싶었다. …… 내일 가족을 위하여, 내 자신을 위하여, 내 자식을 위하여 드디어 떠나기를 결정하였다.

– 《삼천리》(1932년 11월, 1933년 1월)

　신여성New Woman이라는 단어가 영국에서 탄생해 일본을 거쳐 우리나라에 들어오기까지, 1930년대 국내 최초의 여성 화가 나혜석이 《삼천리》라는 잡지에 위의 글을 기고하기까지 숱한 어려움이 난무했을 것이다. 기가 찼다. 그 답답한 느낌이 1990년대 밀레니엄을 앞둔 나에게도 여전히 공감을 주고 있다니. 나혜석은 남편과 세계 여행을 한 후 혼자 파리에 남아 8개월 동안 미술 공부를 했다. 나는 사랑하는 딸을 두고는 아무 데도 갈 수 없었다. 미래도 없었다. 그저 오늘이 내일이고 그다음 모레가 내일이 되는 다시 오늘일 테니.

　이젠 자수를 놓아도, 아이 옷을 만들어도, 재봉틀을 돌리고 동대문 원단 시장을 다녀도 마음에 차지 않았다. 딸아이는 너무 예쁘고 사랑스럽게 자라주고 있었지만, 나는 해결할 수 없는 불만이 쌓이고 불면과 우울에 빠져들면서 겉으로는 아무렇지 않은 가면을 쓰고 있었다. 시어머니와 통화할 때 나의 상냥하고 친절한 말투를 듣고 집에 놀러 와 있던 한 친구는 "너 너무 가증스러운 거 알지?" 하며 깔깔댔다. 가면은 두꺼워져만 갔다.

28살 가을 어느 날, 대학원 철학과에서 미학 박사 과정을 하느라 통 만나지 못했던 고등학교 친구 A가 집에 놀러 왔다. 점심을 해주고 차를 마시며 이런저런 얘기를 나누었다. 나는 딸과 조카에게 만들어준 옷 사진을 보여주며 자랑하고 싶었다.

"내가 이러고 산다, 야."

친구 A는 집안 곳곳에 내가 만들어놓은 자수며 패브릭 소품들을 보며 의아한 표정을 지었다. 내가 몇 년간 이뤄낸 집안일 퍼포먼스에 크게 감탄하지 않는 표정이었다. 도리어 한탄스러워했달까. 아니, 기가 막혀했달까.

"그동안 이 많은 것들을 하면서 딸 키우며 살았다는 거야?"

"그렇지, 뭐. 여자가 시집가서 사는 게 다 거기서 거기라잖아."

담소가 길어지면서 점차 가면이 벗겨졌다. 난 몇 년의 취집살이 기간 동안 찾아든 불만과 의문을 털어놓았다. 이전에도 몇 번이나 남편과 얘기하고 싶었지만 그럴 때마다 남편은 별거 아니라는 듯 심드렁하게 대답했다. 내 마음이나 느낌에 관심이 없었다.

한참 내 이야기를 듣던 친구 A는 잠시 동안 가만히 나를 응시했다. 그러고는 가방에서 책을 한 권 꺼내 툭 던지듯 놓으며 한심하다는 듯 물었다.

"너는 어떻게 나보다도 너를 모르냐?"

내 머리 속에서 지금까지도 떠나지 않는 한마디였다.

보랏빛 페미니즘을 만나다

A가 두고 간 책을 그날 바로 읽었다. 읽으면서 깜짝 놀랐다. 내가 그토록 고민하고 답답해하던 질문들이 논리 정연하게 담겨 있었다. 여성이 모든 가사의 주체가 되었던 사회적 이유, 그 일을 잘 해내지 못했을 때 느끼는 부담과 심리적 죄책감의 정체. 지극히 나의 감정적인 문제라고 생각했던 부분까지 이론적으로 풀이되어 있었다.

집안일을 고분고분 수행하지 않을 때 여성에게는 '나쁜 엄마', '나쁜 며느리', '악처' 같은 낙인이 찍힌다. 여성의 사회 활동을 막는 가부장 시스템이 작동하는 것이다. 책에는 나와 비슷한 문제로 갈등하는 주부들의 사례가 실려 있었다. 그간 내가 느낀 감정이나 먹먹함은 그저 나의 개인적인 문제가 아니었다. 유교 전통이 남아 있는 우리 나라뿐 아니라 전 세계 여성이 겪고 있는, 남성 편향 사회의 문제였다.

A에게 전화해 이 책이 뭐냐고 물었다. "이 무식한 아줌마야."라며 시작된 A와의 대화를 통해 나는 페미니즘이라는 학문과 사회 활동 분야가 있다는 것을 알게 되었다.

몇 년 만에 가슴이 두근거렸다. 나만 이상한 게 아니라는 안도감도 들었다. 딸아이가 어린이집에 가 있는 오전 시간에 그 친구를 만나기 시작했다. 잠실에서 지하철을 타고 이대에 가면서 대학 때 놀러 다니던 신촌 거리를 자주 거닐었다. 젊은 날의 기운이 느껴지는 것 같았다.

여성학은 이미 우리 사회의 큰 기류였다. 가부장적인 유교 문화권에서 거센 반대에 부딪치면서도 사회 운동으로 자리를 잡고 있었다. 1977년 이화여자대학교가 전국 최초로 학부 교양강좌에 여성학 과목을 개설했다. 1980년대에는 여성학 강좌가 전국 대부분 대학에 총여학생회의 강력한 추진으로 확산되었다. 나는 금시초문이었다. 내가 대학을 다닐 때도 총여학생회는 있었는데 말이다. 페미니즘의 확산 과정은 다른 학문의 성장 경로와 다르며, 민주화 운동과 여성 운동이 여성학의 확산에 영향을 미쳤다고 한다. 1982년에는 이화여자대학교 대학원에 전국 유일하게 여성학과가 설립되었다는 사실까지 친구에게 들었다.

이화여대 대학원? 귀가 번쩍 뜨였다. 주입식 교육에 넌더리를 내던 내가 대학원 석사 과정에 도전하고 싶어졌다. 난 학사 출신이라 대학원에 갈 자격이 있었다. 친구에게 여성학과에 대한 정보를 집요하게 묻자 곧 있으면 1999년 대학원 신입생을 모집하는 공고가 뜬다고 했다. 난 바로 결심했다.

대학원 입시는 20권 정도의 참고도서 목록을 주는 것이 다였다. 겨울 입시일이 오기 전 3개월간 밤낮으로 모두 읽었다. '이것 봐! 이 책 좀 보라고! 내가 이상한 게 아니라고! 여기 책에 이렇게 쓰여 있잖아!' 누구든 붙들고 외치고 싶었다. 그렇게 온갖 집안일 퍼포먼스를 반드시 해야만 했던 게 아니라고, 내 의지대로 살아도 문제없는 거라고, 여자라고 애 낳고 살림만 해야 하는 것은 아니라고 말이다. 내가 하고 싶은 게 무엇인지 잘 몰랐던 것은 사실이지만 그것도 나만의 탓은 아니었다. 딸을 바라보면서도 눈이 반짝였다. 아직 알아듣지 못할 말을 딸에게 이야기해주기도 했다.

문제는 현실이었다. 책만 붙들고 있고 외출이 잦은 나를 보며 남편은 친구 A를 원망하기 시작했다. 오랜만에 친구 A를 만나더니 애가 이상해지기 시작했다고 했다. "너 갑자기 미쳤냐?" 고함을 치는가 하면 술주정이 날로 심해졌다. 우린 말이 통하지 않았고 부부 관계는 점점 악화되었다. 남편과 무언가를 더 시도해보는 것이 힘들고 지쳤다. 5년간 열정을 다해 죽어라 하던 살림과 육아의 동력이 사라졌다. 간단하게 '살림과 육아'로 표현되는 20대 젊디젊은 나의 5년이 억울했다. 후회하는 것이 아니라, 나는 그저 바보 멍청이였다.

겨울이 찾아왔다. 남편의 주사가 심해지고 폭력 행위를 반복했다. 부부 관계는 벼랑 끝으로 내밀렸다. 그 와중에 나는 이화여대 여성학과 대학원 입시에 합격했다.

친구 A는 날 보고 '역시 죽지 않았다'라며 재수, 삼수를 하는 사람이 많기로 소문난 여성학과 대학원에 3개월 만에 합격한 것을 축하해주었다. 현실에선 이혼 소리가 오갔다. 엄마와 시어머니는 낼모레 서른인데 애는 어쩌고 네가 지금 대학원 갈 때냐고 몰아쳤다. 이제야 너답다며 네가 그렇게 평생 살림만 하며 집에서 살 줄 알았느냐고 말해주는 건 친구 A뿐이었다.

가끔 질문이 떠오른다. 이때 친구 A가 나를 알아봐주지 않았다면 나는 어떻게 되었을까? 가족들조차 나의 진정성과 잠재력을 알아봐 주지 않는 환경에서 여성들은 대체 어떻게 자신을 발견하고 자율적empowerment으로 살아야 할까? 아직도 그렇게 하지 못하는 여성들은 어떤 희망을 가지고 어떤 미래를 그리며 살아갈까?

내 인생의 세 번째 번개가 내리쳤다. 1999년 1월, 병원 중환자실에서 사흘 만에 눈을 떴다. 엄마는 "너는 어쩌면 애가 이렇게 독하니?" 한마디를 남기고는 3년 이상 나를 찾지 않았다. 병원에서 몸을 회복하는 대로 남편과 별거하기로 결론을 냈다. 함께 살던 집을 정리하고 그동안 쌓아놓은 빚들을 청산했다. 겨울이 다 가기 전에 6살 딸아이를 데리고 이대에서 가까운 서울 성산동의 월셋방으로 숨어들었다. 그곳은 엄지손가락만 한 귀뚜라미와 바퀴벌레가 와글거리는 오래된 주택이었다. 자다가도 지나가는 벌레 때문에 벌떡 일어나 둘이 껴안고 꺼이꺼이 울었다.

3월이 되고 나는 대입 10년 만에 99학번으로 다시 대학원을 다니기 시작했다. 당시 대학원은 나에게 인생의 도피처였다. 여성학 공부를 제대로 했는지 기억도 잘 나지 않는다. 대학원 3학기 동안 공부한 것이 입시를 준비하며 내가 3개월간 읽었던 20여 권의 책 내용만큼 강렬하게 박히지도 않았다. 생활고를 해결하기 위해 중고등학생들의 논술 시험지 첨삭 아르바이트를 했다. 중학생 과외도 해주고 학부생 조교 활동을 하며 겨우 먹고살았다. 당시에 이대 학생식당의 점심 비용은 1500원이었다. 학과 수업을 마치고 나보다 어린 동기들이 식판에 식사를 가져다주면 그 밥을 바라보며 저절로 눈물이 흘러내렸다.

'난 이걸 먹고 살아야 하나?'

이 질문에 대한 답도 대학원에서 찾을 수밖에 없었다. 유치원 다니는 딸이 6살이 되고 있었다. 나와 동성인 내 딸은 나와는 다르게 키우겠다고 또 한 번 결심했다. 도대체 왜 내 주변에는 여자여도, 주부가 되어도 꼭 그렇게 살지 않아도 괜찮다고 알려주는 어른이 1명도 없었을까? 케케묵은 조선 시대도 아니건만 어째서 주부가 된 여성이 바람직하고 주체적으로 사는 방법을 알기 위해 그 많은 사건과 파경을 몸소 겪어야 했을까?

여전히 생각이 많고 억울했지만 난 중심을 잡아가고 있었다.

자유롭고 싶다. 태평양 연안의 넓고 따듯한 터콰이즈

컬러의 바다를 상상한다. 그 바다에서 둥둥 떠다니며 스노쿨링을 하고 싶다. 바닷속 코랄핑크빛 산호 사이를 오가는 물고기를 바라보며 함께 유영하고 싶다.

청풍 김가에
너처럼 못생긴 애는 없었다

어릴 적 내가 많이 듣고 자란 한탄(?)이 두 가지 있다. 어린 나를 보며 혀를 끌끌 차던 할머니는 "에그, 저게 아들이었어야 헌데……."라며 중얼거렸다. 삼촌과 고모는 매일 울고 짜는 나에게 "넌 누굴 닮았니? 우리 청풍 김가青風金家에 너처럼 못생긴 애는 없었는데."라며 놀리곤 했다.

맏딸인 나의 언니는 인형처럼 희고 쌍꺼풀에 동그란 눈을 가진, 집안의 공주님이었다. 나는 어릴 때부터 피부도 거무칙칙하고 쌍꺼풀도 없는 부은 눈이었다. 하도 울어대서 울보나 못난이라고 불렸다. 언니 것을 빼앗아 먹고 어른들한테 혼나서 울고 있으면 "너네 엄마는 저기 연신내 다리 밑에 있으니 찾아가!"라는 말을 듣고 또 울었다.

외모는 나에게 큰 콤플렉스였다. 말라깽이에 2년 터울인 언니를 앞지른 키와 발 사이즈 덕분에 더 이상 언니 옷과 신발을 물려 입지 않아도 되었을 때 정말 기뻤다. 그때 난 중학생이었는데 새 옷과 새 신발을 갖는 게 그렇게 좋을 수가 없었다. 이제 언니처럼 밝은색에 귀여운 꽃무늬 옷을 안 입어도 되었다.

난 성적이 언제나 언니보다 좋았다. 초등학교 6학년 때쯤에는 아버지가 친구분들에게 처음으로 내 자랑을 하는 걸 들으며 꽤 놀랐다. 그러나 외모 콤플렉스는 사라지지 않았다.

"이 사람은 삼촌이고, 이 사람은 이모고…… 엄마, 근데 이 삼촌은 누구야?"

내 딸이 3살 때 친정에 갔다가 액자에 끼워져 있는 우리 삼남매 사진을 보고 물었다. '이 삼촌'이란 고등학생인 날 가리키며 한 말이었다. 마르고 큰 키에 검은 피부, 짧은 커트 머리, 커다란 안경. 누가 봐도 소년 같은 외모였다. 교복 치마를 입기 전까지 늘 그랬다.

초등학교에 들어가면서부터 나는 눈에 띄게 학교생활에 잘 적응했다. 학습 능력도 좋고 발표를 잘해 리더십도 좋았다. 고1 때 교통사고로 아버지를 잃은 후 허송세월을

지낸 것을 제외하고 나의 학교생활은 언제나 재밌고 흥미진진했다. 더 이상 울지 않았고 못난이 소리도 듣지 않았다. 그렇지만 자랑스러운 외모라 할 순 없었다. 아무도 닮지 않은 난 언니처럼 예쁘게 낳아주지 않은 부모님을 조금 원망했다. 연신내 다리 밑에 정말 친엄마가 사는 것은 아닐까 무섭기도 했다.

내가 외모 때문에 정말 주눅 들었던 건 아나운서 아카데미 교육생 시절이었다. 1992년 7월, 나는 MBC 아카데미 아나운서부 2기였다. 동기들은 다들 잘사는 편이었다. 교육생 10명이 다 같이 식사하러 가면 자동차 7대가 움직일 정도였다. 매일 출근하듯 멋진 수트와 정장을 차려입고 오는 그들과 달리 나는 아침 6시부터 맥도날드 오프닝 아르바이트를 하고 거기서 주는 햄버거로 점심을 때우며 교육을 받으러 갔다. 메이크업에 헤어, 의상까지 쫙 빼입고 와서 이미 아나운서가 된 듯 카메라 테스트를 받는 그들과 함께 있으면 나는 어딘가 좁은 틈새에 겨우 끼겨 있는 느낌이었다.

1993년 1월 1일, 눈이 많이 오는 겨울이었다. 난 대학 졸업식을 치르기도 전에 광주 MBC에 첫 출근을 시작했다. 날고 기는 교육생 34명 중에 가장 먼저 아나운서로 취업한 2명 중 하나였다. 낯선 가운데 광주일보와 단독 인터뷰를 하고 아침 뉴스도 진행했다.

신입 아나운서들은 광주지방검사장들과 회식을 해야 했다. 항상 그래왔다는 식으로 들었지만 도무지 이유를 알 수 없었다. 어려서 뭐가 어떻게 돌아가는지도 모르고 내가 왜 광주에 있어야 하는지도 몰랐다. 회사 몰래 서울로 와서 KBS, MBC, SBS 모두 시험을 봤지만 3차 최종 면접에서 번번이 떨어졌다. 답답하던 차에 SBS 프로덕션에서 연락이 와서 서울로 다시 올라올 수 있었다.

울보, 못난이이던 내가 어떻게 방송국 아나운서가 될 수 있었을까?

알고 보니 내겐 선천적으로 주어진 강점이 있었다. 난 얼굴이 작고 키가 컸다. 치아도 가지런했다 – 방송하는 사람에게는 매우 중요한 요소이다 – . 발음은 명확했고 발성도 좋았다. 광주 MBC 합격 소식을 듣고 엄마는 기특하다며 22살인 나에게 쌍꺼풀 수술도 시켜주었다. 후천적인 강점이 추가되었다.

그러니까, 나는 예쁜 여자였다.

나는 내가 예쁘다고 생각하며 살아본 적이 없었다. 직장을 다니면서 남자들이 친절을 베풀 때도, 전혀 애 엄마로 보이지 않는다는 말을 들을 때에도 그저 허울 좋은 인사말이라고만 생각했다. 마흔 즈음 관리자급이 되어서야 어렴풋이 알았다. 나는 예쁜 여자였다는 것을. 20~30대엔 누구나 젊고 예뻐서 대우를 받지만 나이가 들면 달라진다. 그러나 내 경우 주변의 대우(?)가 크게 달라지지 않았다. 그건 그냥 느낄 수 있는 것이었다.

지금 생각하면 그저 웃음이 나온다. 왜 그 오랜 시간 동안 나는 나를 몰라봤을까? 오래전 친구 A가 한 말도 생각났다. 너는 어떻게 나보다도 너를 모르냐?

요즘은 매일 글을 쓴다. 종종 하늘을 보고, 불멍을 하고, 흩날리는 벚꽃 길을 걸으며, 가을비에 떨어질 낙엽을 아쉬워한다. 하지만 그런 날로만 삶을 채우기엔 생이 너무 길게 느껴진다.

술 한 방울 못하는 홍보팀장

1999년, 대학원에 다닌 지 오래지 않아 난 공부만 하면 되는 학자 같은 팔자 좋은 길을 선택할 수 없다는 것을 깨달았다.

컴컴한 터널에서 저 멀리 빛나는 탈출구를 만나듯 엎어지고 자빠지며 대학원을 다녔다. 그러나 생활고는 어쩔수 없었다. 아무 대책도 없이, 고학력에 나이 많은 아줌마 대학원생인 내 처지가 한심해보였다. 그러던 어느 날, 여성학과 사무실에 조교로 앉아 있는 애 엄마는 무책임하기 그지없다는 생각이 번쩍 들었다. 공부를 그닥 좋아하지 않는 내가 박사나 교수를 할 것도 아니었다. 공부는 그저 지적 호기심과 무식함을 해결해주는 수단일 뿐. 앞으로 딸아이와 먹고살기 위해 제대로 된 일을 해야 했다. 그럼 대체 무엇을 하며 먹고살아야 할까? 과연 내가 할 줄 아는 것은 무엇이고 내가 좋아하는 것은 무엇일까?

- 내가 잘하는 것 : 빠르게 알아듣고 이해하기. 기억하기. 논리적 글쓰기. 주장하고 설득하기. 그것을 말로 하기. 가면 쓰고 사람 상대하기. 예민하게 상대를 배려하고 챙겨주기.
- 내가 좋아하는 것 : 모름.

난 잘하는 것을 하고 칭찬받을 때 자존감이 충족된다. 내겐 그게 다였다. 좋아하는 것은 생각해본 적이 없었다. 일단 잘하는 것을 이용해 먹고살아야 한다는 것이 자명했다. 그렇다고 살림하며 수련하듯 해냈던 자수나 퀼트, 재봉틀 돌리기, 털실 뜨기 같은 것을 직업으로 하고 싶지는 않았다. 이미 팔자가 사나워지기 시작한 나는 주부일 때 하던 일을 하고 싶지 않았다.

인터넷이 확산되던 2000년 초 겨울방학 때였다. 조교 업무 처리를 위해 학과 사무실에 나갔다. 여성학과 사무실에는 컴퓨터가 있었다. 나는 독수리 타법으로 떠듬떠듬 이력서를 작성해 한 구직사이트에 올렸다. 그냥 백수 아줌마가 아니라 대학원생 신분이었기에 가능성이 있다는 걸 알았다. 현재 무직이 아니라는 사실이 너무 다행스러웠다. '대학원 재학 중'이라는 칸에 체크하며 내가 경험했던 방송 홍보 쪽을 구직 분야로 선택했다. 퍼블릭 릴레이션public relation이라는 생소한 단어를 보며 이런 업무도 있구나 싶었다. 잘은 몰라도 내가 잘하는 것들을 사용해 이 PR 업무를 해볼 수 있을 것 같았다.

포털에 구직을 올리고 얼마 안 되어 전화가 왔다. 당시 벤처 열풍의 선두주자였던 휴맥스사의 인사과장이었다. 그는 진한 경상도 사투리로 면접을 제안했다. 회사 위치는 용인인데 한 달 뒤에 분당으로 이사 간다고 했다. 당시 나는 성산대교 건너 성산1동에 살고 있었다. 65km나 떨어진 용인은 자동차 최단 거리로 잡아도 1시간 30분은 족히 걸리는 거리였다.

일단 면접을 보러 가기로 약속을 했다. 일단 보고 나서 고민해야지 첫 기회부터 재고 따지고 할 주제가 못 되었다. 나중에 들었지만 아나운서 출신 여자가 면접을 보러 왔다고 근무하던 직원들이 복도 창문에 모여서 구경했다고 한다. 나는 어떻게든 다닐 수 있는 방법을 찾아보겠다고 말했다. 인사팀과 사장님까지 2차에 걸친 면접 결과는 합격이었다. 결과를 들은 대학원 동기가 건네던 한마디.

"언니, 아무리 그래도 컴퓨터 타자 연습 정도는 하고 입사해야 하지 않을까?"

2000년, 다가오는 2월부터 한달간 용인으로 출근해야 했다. 3월에 회사가 분당으로 이사하면 나도 딸을 데리고 분당으로 이사할 결심을 했다. 마침 고등학교 때 친했던 동창 몇몇이 분당에 살고 있었다. 딸아이에게 "이제 엄마는 회사에 다닐 거야."라고 설명하며 새로운 유치원에 가게 될 거라고 이야기했다. 아이가 말을 알아듣기 시작하면서부터 나는 무엇이든 딸에게 얘기하고 대화를 나누었다. 어려운 이야기는 아이가 소화할 수 있도록 쉽게 풀어주었다. "애들은 몰라도 돼." 같은 말은 일절 하지 않았다. 딸아이는 3살 터울의 사촌 동생이 있는 이모네 집에 살게 되어 우선 신나했다.

1월 중순 나는 부랴부랴 짐을 정리해 성산동 월셋방을 내놓았다. 성산동 집이 나가야 분당에 새집을 구할 수 있었다. 딸아이를 65km 떨어진 성산동에 두고 출퇴근을 할 수는 없었다. 남에게 폐 끼치는 걸 극도로 싫어하는 내가 남양주 덕소에 사는 언니에게 큰 부탁을 했다. 언니네 집

조카 놀이방에서 한 달 정도만 기거하며 출퇴근할 수 있게 해달라고 말이다. 언니가 양해해준 덕에 나는 한 달간 지낼 수 있는 짐만 간단히 캐리어에 챙기고 나머지 짐을 이삿짐센터에 맡겼다. 그리하여 서른이 되던 2000년을 시작하며 생전 처음 오피스 근무를 시작했다.

2월 1일, 나의 유일한 자산인 경차 아토스를 타고 5시 반에 출근길에 나섰다. 그 회사는 7시~4시 출퇴근제를 시행하고 있었기에 새벽부터 서둘러야 했다. 새벽 4시가 좀 지나 살금살금 일어나 준비를 할라치면 옆에서 자던 딸아이도 깨서 울어대기 시작했다.

"엄마, 어디 가? 가지 마!"

아침이면 어린이집이나 유치원에 같이 가서 인사도 하고 하루 종일 잘 놀아주던 때와는 달랐다. 2월은 아직 추웠고 새벽 4시는 캄캄한 오밤중이었다. 그 밤에 엄마가 자길 두고 나가버린다는 것을 딸아이는 받아들이기 어려웠던 모양이다. 달래고 어르다가 나가려고 하면 울음은 더 커졌고 결국 새벽부터 언니와 형부까지 모두 깨버리기 일쑤였다.

딸아이에게 조금만 더 자고 이모랑 동생이랑 재밌게 놀고 있으라고 말해주면서 나와서는, 그렇게 캄캄한 출근길을 달렸다. 경기북도에서 경기남도까지, 입춘이 지나 아침 해가 조금 더 빨리 뜰 때까지, 저녁이면 해 떨어지기 전에 딸아이를 볼 수 있을 때까지. 하지만 말이 4시 퇴근이지 우리나라 회사가 출근은 엄격해도 퇴근은 어디 그렇던가. 어리벙벙한 새내기 대리는 퇴근도 제때 하는 날이 없어서, 2시간을 달려 언니네 집으로 돌아가면 컴컴한 밤이었다.

12개월 중 해가 짧은 계절이 가고 봄이 왔다. 추위에 떨며, 긴장감에 얼이 빠진 채 달리던 2월은 결국 지나갔다. 3월 초 어느 날이 되어서 나는 친구 P와 분당에서 집을 알아보고 서현동의 반지하 월셋방을 계약했다. 아파트 단지에서 멀찍이 떨어진 상가 동네였다. 딸아이가 새로 다닐 유치원도 알아보고, 딸애가 혼자 낯선 동네에서 온종일 나를 기다리게 할 수 없어서 베이비시터도 구했다. 그간 정리되지 않았던 남편과의 이혼 서류도 마무리했다.

이사와 함께 새로운 시작을 본격적으로 내딛었다. 비로소 빛도 없는 무채색 그레이와 새벽의 실낱같은 빛을 감지하게 되는 로열블루를 지나온 느낌이었다. 20대에는 빛으로 나아갈 수 없을 만큼 스스로 혼란스러웠다. 심해, 우주, 동트기 직전의 새벽 3~4시로 상징되는 로열블루의 컬러. 이 색은 고립되어 있고 새로운 일에 대한 두려움도 크지만, 무언가 하기 시작하면 끝까지 해내며 깊이 있게 배운다는 의미를 가진다.

그렇게 분당은 이제 나의 본적지가 되었다. 2025년 현재까지 이곳은 나의 제2의 고향이자 딸아이의 고향이 되었다.

선행학습을 안 시켰더니

어떤 엄마가 안 그럴까 싶지만, 딸을 낳은 후로 우선순위 1위는 언제나 아이였다. 밝고 건강하게 잘 자라주기만 하면 좋겠다는 모든 부모의 바람처럼 나도 내 딸아이는 나와 다르게 낙천적이고 긍정적으로 둥글둥글 자라주기를 바랐다.

난 아이와 많이 놀았다. 놀이터나 야외로 나가서 쨍쨍한 햇볕을 쬐며 많이 뛰어놀게 했다. 그런 뒤 씻기고 낮잠을 한숨 재우면 아이는 순하게 눈을 뜨며 해맑은 얼굴로 물을 마셨다. 그 모습을 보는 게 행복했다. 내 딸은 에너지가 넘치고 럭비공처럼 어디로 튈지 모르는 노랑 럭비공 같은 애는 아니었다. 사랑스럽고 순하며 다음 행동이 예견되는, 맑은 바다 수면 위에서 들여다보이는 코랄핑크 빛의 산호 같은 아이였다.

회사를 다니며 분당으로 이사 온 이후 언니네도 분당으로 이사를 왔다. 주말이면 오전에 중앙공원이나 율동공원에 돗자리를 들고 함께 가서 딸과 조카를 함께 놀게 했다. 공부나 독서는 스스로 하고 싶을 때 알아서 하겠거니 했다. 이혼 후에는 애 아빠도 틈만 나면 딸을 데리고 일본, 괌, 사이판 등으로 여행을 갔다. 일찍부터 비행기를 타며 낯선 곳을 다녀봤던 딸이기에 훗날 10년이 넘는 뉴질랜드 유학 생활도 큰 무리 없이 할 수 있었는지 모르겠다.

한 생명을 낳아 사람으로 키워내는 것은 어쩌면 인간이 할 수 있는 가장 장기적이며 중요한 프로젝트일지 모른다. 그 생명이 하나의 인간으로서 20대를 맞을 때까지 부모는 그의 1차 성장 프로젝트를 완성시켜 주어야 한다. 20~29살에는 2차로 성인으로서 사람 구실하는 방법을 가르쳐주어야 한다. 그래야 사회에 잘 안착해 서른 이후에 자신만의 인생을 꾸려갈 수 있다. 1차와 2차에 걸친 프로젝트를 해내지 않으면 자녀들은 훨씬 많은 시행착오를 겪으며 몸소 아프고 다쳐야 한다. 엄마로서 그런 어려움을 덜어주고 싶었다.

이제 나의 딸은 29살. 내 임무는 거의 종료되어간다.

유치원을 다닐 때 영어를 가르치지 않았다. 딸아이는 초등학교에 입학한 후, "너는 해피Happy도 모르지?"라고 친구들이 놀린다며 자신도 영어를 배우겠다고 했다. 그래서 영어학원을 알아보는데 정말 당황스러웠다. 기초반은 파닉스라는 과정부터인데 모두 4~5세가 다니는 수업이었다. 8살이 된 딸이 수업을 받을 학원이 없었다. 내가 영어 선행을 시키지 않은 것이 잘못인가 자책감이 들었지만 별로 동의가 되지 않았다. 결국 개인 영어 선생님을 붙여줄 수밖에 없었다.

초등학교를 다니면서 선행학습을 시키지 않은 나의 죄로 중학교에 가서는 딸의 성적이 중간 이하로 훅 떨어졌다. 딸은 자기도 다른 애들처럼 학원에 다니겠다고 했다. 하지만 중1밖에 안 된 아이가 학원에서 오밤중에 돌아오는 현실을 나는 이해할 수가 없었다. 고3도 아니고 한창 친구들과 놀고 많이 자야 하는 청소년기인데, 학원을 안 가면 친구들을 만날 수도 없었다. 좁고 탁한 상가 건물에서 방과 후 11시까지 과연 공부를 해야 하는 것인지 한탄스러웠다.

학원을 다닌 덕에 성적은 올랐지만 10등 안에 들지는

못했다. 학창 시절에 공부에 어려움이 없었고 학교 간부만 도맡아 하던 나는 영문을 알 수가 없었다. 뭐가 문제일까? 딸아이가 고3 수험생처럼 밤 10시 30분에 학원 버스를 타고 집으로 돌아와야 하는 것은 우리 애의 문제일까, 나의 문제일까? 답답하고 혼란스러웠다. 그 와중에 다른 집 아이들은 이미 고등학교 과정을 선행학습한다는 소식까지 들었다. 그런 교육에 동의되지 않았다. 하지만 그렇게 하지 않는다면 우리 애는 학교에서 주변인이 되고 성취감이나 만족감을 느낄 기회도 없을 터였다.

어린 시절과 청소년기에 무언가 즐거운 일에 집중하며 노력을 통해 완성해본 경험, 작은 목표라도 이뤄내고 성취해본 감각, 스스로 참 잘했다는 만족감은 성장하는 아이의 자아존중감에 큰 영향을 미친다. 그저 주인공 친구의 주변인으로 10대를 보내도록 방치하는 것은 엄마로서 무책임한 일 같았다. 공부도 못하는 애가 왜 날씬하고 키도 크고 예쁜 옷만 입느냐는 요상한 논리로 왕따를 당하기도 했다. 그런 딸의 학교생활을 지켜보며 나는 아이에게 다른 방향을 찾아주어야겠다고 결심했다.

어릴 때부터 발레, 피아노, 태권도, 수영, 바이올린, 노래, 리듬체조, 탭댄스 등 다양한 취미를 알려주고자 했다.

아이가 스스로 뭘 좋아하는지 모를 때 떠올릴 수 있는 경험을 주려는 의도였다. 그런데 정작 그놈의 성적과 영어 그리고 외모가 발목을 잡았다. 천당 밑 분당에서 선행을 안시키다니?

　나 원 참, 기가 찬 웃음과 더불어 대들고 싶은 마음이 굴뚝같이 치솟는 2000년대 대한민국 교육 시장이었다. 과연 지금이라고 다를까.

남자들의 본성?

혼자 딸을 키우며 서른이 되어 직장을 다니기 시작할 때 친구들도 하나둘 결혼을 했다. 그때나 지금이나 내 고등학교 친구 중에는 직장을 다니는 친구가 없다. 전업주부가 되더니 몇 년 지나지 않아 혼자 사는 내가 제일 부럽다는 소리를 해댔다. 나는 의사, 약사, 사업가 남편을 만나 벌어다 주는 돈을 쓰는 그 친구들이 가끔은 부러웠다. 친구들이 왜 그런 말을 하는지 의아했다.

남자들은 대부분 집 밖으로 나가 일을 한다. 사업이든 직장생활이든 사회적 지위를 놓지 않는다. 직장을 다니는 동안 정말 많은 남자를 만났다. 이탈리안 레스토랑을 예약해 식사를 청하던 동료와 기자들, 분당으로 찾아와

밤 10시가 넘은 시간에 불러내 신세 한탄을 하던 팀장 기자, 술에 취해 자정이 다 된 시간에 전화를 해서 다짜고짜 네가 그렇게 잘났느냐며 쌍욕을 해대던 20대 어린 기자……. 이게 끝이 아니다.

나와 밥을 먹던 친한 선배가 다른 여직원을 언급하며 말한 적이 있다. "예쁘지도 않은 여자랑 밥을 왜 먹냐? 나도 바빠 죽겠는데." 그걸 듣고 내가 예쁘다는 뜻이라 좋아해야 하는 걸까, 아니면 여성 비하라고 화를 내야 하는 걸까? 이직을 위해 임원 면접을 끝내고 돌아가자 면접관이었던 50대 남성 전무는 문을 벌컥 열고 앞에 주르륵 앉아 있던 남자 부장들에게 소리쳤다고 한다.

"야! 심지어 예뻐!"

나중에 입사해서 전무의 뒷얘기를 하며 다른 여자 부장에게 들은 이야기다.

예쁜 여자를 밝히는 남자들의 속성은 미혼이든 기혼이든 마찬가지다. 못되고 지저분한 행동을 서로 배우고 나누며 그들은 편하게 즐거워한다. 아내들은 남편이 밖에서 모범적이고 근면 성실한 회사원일 거라고 여길지 모르겠다. 그런 사람이 없는 것은 아니지만 경험적으로는 압도적으로 적었다. 내가 21년 동안 직장생활을 하며 만

난 수많은 남자 중 존경할 만하다고 느낀 사람은 고작 2명이었다.

회사에서는 월급 외에 지급되는 상여금이 많다. 자잘한 기름값이나 접대비, 회식비, 상조회비, 성과에 따른 특별 보너스, 1년에 한번 나오는 정기적 인센티브 등. 전업주부인 아내들은 이에 대해 얼마나 알고 있을까? 복지가 좋은 회사에선 교통비, 유류비, 통신비, 의욕 관리비라는 것도 나온다. 보너스 달만 되면 월급 계좌가 아닌 다른 계좌로 돈을 입금해달라는 남자 직원들의 요청 때문에 인사팀 업무가 마비될 정도였다. 그런데 아내들은 자신을 위해 돈을 쓰지 못한다. 죄책감에 시달리다 결국 카드를 도로 넣고 돌아선다. 전업주부에게도 자신만을 위한 보너스와 자기계발비가 필요하다.

사귀자는 것도 아닌데 왜 술을 안 받느냐며 술병을 부어대던 언론사 데스크, 회식 때마다 사장님 옆자리를 비워놓고 꼭 나를 거기 앉히고 마는 과장이나 부장들, 회식에 늦게 도착했다는 이유로 룸 입구부터 회식 상까지 기어 오라고 시키던 인간 같지도 않은 남자들이 실제로 있었다. 불과 8년 전 일이다. 남자들은 자기가 원하는 크고 작은 즐거움을 포기하지 않는다. 휴가를 냈는데 버젓이 출근을 해서는 "회사 오면 커피 갖다주지, 신문 갖다주지. 내 자리에서 시키면 뭐든지 내 맘대로 다 할 수 있는데 뭐 하러 쉬나?"라고 말하던 사장도 있었다.

40대 남자가 직장을 다니면 부인을 포함해, 최소 3명 이상의 동료나 후배가 그 사람을 서포트한다는 미국의 통계를 봤다. 사장은 하물며 3명뿐이겠는가. 주부는 최소 1명의 서포터라도 가질 수 있을까? 가사도우미라도 1주일에 한 번, 가사도우미라도 쓸 수 있다면 그나마 낫다. 그 가사도우미도 여자다. 여자들은 여전히 아이를 키우고 집 안일을 하고 남편을 서포트한다. 그러면서 '여자들 참 살기 편해졌네.'라는 소리를 듣는다. 뭔가 억울하다.

여자도, 주부도 자신을 위한 즐거움을 하나라도 가져야 한다. 나의 재미는 무엇일까 질문했을 때 딱히 떠오르는 답이 없다면 남편이란 존재에 대해 그렇게 안쓰럽게 여기지 않아도 된다. 그의 노고를 무시하는 것이 아니다. 그는 남자의 속성대로 사회에서 필요한 서포트를 받고 있다. 자기 즐거움을 찾으며 열심히 살고 있다. 많은 사람이 근무하는 사무실에서 자기 화를 주체하지 못해 어린 여직원 면전에 대고 "꺼져!"라고 고함을 칠 수 있는 사람도 남자다. 여자가 살면서 누군가의 면전에 대고 큰 소리로 "꺼져!"라고 소리쳐본 적이 과연 몇 번이나 있을까?

에어로빅이나 줌바 댄스를 할 수도 있고 기념일이나 생일마다 작고 반짝이는 금은보화를 하나씩 요구할 수도 있다. 캘리그라피도 좋고 커뮤니티 모임에 나가는 것도 좋다. 네일아트나 퀼트를 배울 수도 있고 그림을 그려 전시회를 열 수도 있다. 그걸로 수익까지 낼 수 있다면 더 좋을 것이다. 반복되는 일상에 젖어 있지 말고 작은 거라도 배우고 도전해보고, 그것을 발전시켜 생산적인 성과도 거둘 수 있다면 여성은 지금보다 훨씬 더 삶에 대한 만족감을 느끼며 살 수 있을 것이다.

간장 종지만 하게
쪼그라드는 마음

딸이 초등학생일 때 괌에서 휴가를 보내고 있었다. 저녁을 먹는데 로밍한 휴대폰이 울리더니 날 선 여자 목소리가 들려왔다.

"네가 뭔데 우리 남편이랑 단둘이 밥을 먹고 그래?"

그녀는 자신이 누군지 밝히지도 않고 다짜고짜 따지며 반말이다. 당황스러웠지만 나는 냉정을 지키려고 노력하며 대답했다.

"댁의 남편이 누군지 몰라도 트럭으로 갖다줘도 난 싫으니 댁이나 많이 가지세요. 당신 남편이 회사에서 여자랑 단둘이 밥도 안 먹는 줄 아셨어요? 밥도 먹고 술도 먹고 할 거 다 해요."

어린 딸아이와 휴가를 보내던 중이라 나도 화가 났다.

23년 직장생활 통틀어 이런 전화를 3번 정도 받았다. 내용은 모두 위와 비슷했다. 짐작해보건데 부부싸움 도중에 내 번호를 알아내 전화했을 것이다. 자기 남편을 방패인 양 앞세우고 '내가 누구 실장 부인인데……' 하며 대뜸 반말부터 해대는 부인들에게 기죽을 이유가 없었다. 그녀의 남편은 이런 사건(?)을 터트리고는 나에게 사과조차 못하는 못난 인간이었다.

남편만 바라보는 결혼 생활은 불행하기 그지없다. 직장을 5년 이상 다녀본 여자들은 안다. 자기 남편도 여느 아저씨와 그리 다르지 않다는 것을. 남자들이 가정을 소중히 여기지 않아서 바람을 피우는 것은 아닐 것이다. 사실 대부분의 남자는 바람까지 피울 용기도 없다. 세상 겁쟁이들의 모임이 직장이다. 예쁜 여자와 둘이서 밥 한번 먹는 것은 저들끼리 키득대며 떠들어댈 자랑거리일 뿐이다.

한번은 나와 저녁을 먹고 차를 마시던 외주업체 대표가 말했다.

"어떻게 하면 손 한번 잡아볼 수 있어요?"

그는 유부남이었다. 내가 "그럴 일은 없다."고 했더니 다시는 연락하지 않았다. 그런 반면 만나자마자 "어이, 김 부장! 오랜만이야!"하며 달려들어 덥석, 양손을 부여잡고는 악수하듯 흔들며 놓아주지 않는 아저씨 편집장도 있었다. 이 둘 중에 누가 흑심을 품고 있었는지 생각할 필요도 없었다. 그들이 어떻게 하든 나는 나의 선을 고고하고 엄격하게 지켰다. 그들은 그 이상의 어떤 흑심 같은 건 품지도 못하는, 그저 집에 가면 꼼짝없이 호랑이 같은 아내의 눈치를 보며 사는 '평범한' 유부남일 뿐이었다.

전업주부로 살면 마음이 간장 종지만 하게 쪼그라들기 십상이다. 그녀가 원래 작은 그릇이어서가 아니다. 남편과 아이만 바라보며 집안일과 육아에만 자신을 헌신하면서는 인풋은 없고, 그릇은 짜그라지기만 한다. 더 큰 경험과 행운을 누릴 기회조차 없다.

나이가 들어 이제 조금 자유로워지겠다 싶으면 내 몸이 내 몸 같지 않은 갱년기가 온다. 잘 보이던 것도 잘 안 보이고, 뚝딱 열 수 있던 병뚜껑도 안 열리고, 한 발로 똑바로 균형 잡고 서 있을 수도 없는 불편함이 큰 산처럼 다가온다. 여기저기 몸이 아파서 병원을 찾아가면 "이제 나이가 드셔서요."라는, 의사의 당연하다는 듯한 진단에 짜증이 날 것이다.

50살이 넘으면서 사람마다 그릇의 크기와 용도에 차이가 드러난다는 것을 확실히 알게 되었다. 나라는 그릇을 곰곰이 들여다보고 어떤 재질인지, 무슨 용도로 만들어졌는지, 크기는 얼마만 한지 점검해보아야 한다.

2

빨갛고 타이트한 직장 생활

블루 컬러의 홍보팀장

'나를 어떻게 알지?'

휴맥스에서 과장이 되면서 헤드헌터라는 사람에게서 처음 전화를 받았을 때 무척 놀랐다. 인터넷 구직사이트에 딱 한 번 이력서를 올린 적이 있었다. 그것도 몇 년 전이었다. 내가 PR 분야의 인적 자원이 되었다는 것을 어떻게 아는지 놀라울 따름이었다. 바야흐로 인터넷 시대가 도래하고 있었다. 딸아이의 학교에서도 컴퓨터로 해야 하는 숙제를 내주기 시작했다.

헤드헌터라는 사람의 전화를 받고는 한 회사에서 근무하는 게 직장생활의 다가 아니라는 걸 알았다. 5년 동안 휴맥스에 근무하며, 그사이 이직한 동료와 선후배들의 이야기를 들을 수 있었다. 환한 빛이 비추는 창가 앞, 넓은 책상을 차지하고 있는 부장님을 보며 커리어는 스스로 능력껏 쌓아가는 거라는 개념을 탑재했다.

벤처 열풍이 불던 시기였다. 삼성의 각 분야 팀장들이 벤처기업의 임원 자리로 이직하는 경우가 많았다. 당시 내 상사는 나보다 10살가량 많은 남자였는데 위와 비슷한 경로로 우리 회사로 이직한 사람이었다.

"대체 어쩌라는 거야?"

하루는 기자의 요청 업무를 진행하는데 연구개발센터 직원들의 협조가 잘 이루어지지 않아서 잔뜩 짜증이 나 있었다. 회사를 위해서 각자 맡은 업무를 하는 것인데 왜 이렇게 비협조적인지 알 수가 없었다. 혼자 씩씩대며 애꿎은 키보드 자판만 신경질적으로 따닥따닥 두들기고 있자니 지켜보던 상사가 불렀다.

"짜증나고 재미없지?"

"네?"

"너 회사 일이 짜증나고 재미없지? 네 맘대로 안 되지?"

"네."

"인마, 너 에버랜드 가면 재밌냐, 재미없냐?"

상사는 빙글빙글 웃으면서 뜬금없는 질문을 해댔다.

"무슨 말씀이세요? 당연히 재미있죠."

"그래, 에버랜드는 네가 돈 내고 들어가는 데잖아. 회사는? 너 회사에 돈 내고 오냐, 아니면 돈 받으면서 오냐?"

그 순간 나는 정신이 번쩍 들었다. 돈 받으면서 다니는 회사가 엄청 재밌고 내가 하고자 하는 대로 일이 잘될 거라고 기대하는 마음 자세가 잘못되었다는 점을 일깨워주었다. 20년 넘게 직장 생활을 하는 동안 내내 이 개념은 내 기본 태도가 되었다. 나도 상사가 된 후에 불평불만이 많은 부하직원에게 종종 이 질문을 건네곤 했다.

마음은 자유를 꿈꾸지만 현실은 월급쟁이였던 난 전략적으로 업그레이드 되어야 한다고 생각했다. 휴맥스에서 5년 차가 되면서 헤드헌터와 접촉하고 온라인 구직사이트도 자주 들여다보았다. 회사의 성장세에 힘입어 나의 성과도 높았고 나를 높게 평가해주는 상사 덕분에 이직이 원활히 이루어졌다.

2005년, 나는 웹젠이라는 게임회사의 홍보팀장으로 들어갔다. 「뮤MU」라는 온라인 롤플레잉 게임의 성공으로 코스닥과 미국 나스닥에 상장된 회사였고 CEO는 나보다 어렸다. 온라인 게임은 생소했지만 「리니지」를 만든 엔씨소프트와 나란히 업계 최고 자리를 지키는 기업이었다.

온라인 게임을 즐기는 연령층은 20~30대였고 해당 연령층의 후배 4명을 데리고 팀장 타이틀을 달게 되었다. 홍보팀 인원도 많고, 우리가 익히 하는 주요 일간지만큼이나 게임과 IT산업을 다루는 전문 매체도 많았다. 온라인 업계는 폭발적으로 성장하고 있었고, 웹젠은 코스닥과 나스닥에 상장되어 있는 만큼 증권 분야 기자들의 관심도도 매우 높았다. 홍보 담당자들은 찾아오는 기자들 응대로 하루하루가 다이내믹하게 흘러갔다.

2005~2006년에는 IT업계에서 매년 새로운 바람을 일으키는 미국 라스베이거스 CES 박람회에 참여했다. 엔씨소프트와 블리자드, 내가 속해 있던 웹젠, 이 3개 상위권 회사의 홍보팀장들을 찾아다니며 기자들을 위한 팸투어Fam tour를 기획했다. 타사 홍보팀장들을 설득하고 주요 언론사 기자와 전문지 기자들에게 취재 기회를 공평하게 가질 수 있게 일정과 담당 매체를 분배했다. 이런 기획 덕에 우리 회사는 매체의 주요 지면을 차지할 수 있었고, CEO 개발자의 단독 인터뷰도 실렸다. 기자들도 이렇게 매끄러운 팸투어는 본 적이 없다며 만족해했다.

직장생활 초기에는 커리어가 무엇인지도 모르면서 막연히 준비를 한다. 단순히 이력서를 다듬고 면접을 보기 위한 준비보다, 나라는 사람의 컬러를 찾는 준비가 더 중요하다. 방송국에서 내게 그레이하다고 한 동기의 말처럼 20대 초반의 나는 뿌옇고 탁한 무채색이었다. 존재감이 없었던 결혼 생활 기간 동안 빛은 사그라졌고, 대학원 시절은 아예 깊은 심해에 침잠한 딥블루였다. 저 멀리 한 줄기 빛이 보일까 말까 하는 엄청 길고 깊은 터널 속, 혹은 가장 깊은 새벽 밤, 동트기 직전의 암흑이었을지도 모른다.

딥블루는 흔히 곤색이라고 부르는 컬러인데 로열블루라고도 명명된다. 블루(책임감)에 레드(현실화)가 한 방울 추가되어 현실에 대한 고충이 느껴진다. 또한 로열블루는 가장 진한 블루 컬러 중 하나로 고귀함을 품고 있다. 나의 고귀함은 그 젊은 날에도 술을 진탕 마시며 망가지지 않음으로써 가능했을 것이다. 가끔 나의 젊은 날을 되돌아보면 내가 술을 마시지 못하는 체질로 태어난 점에 거듭 감사해진다.

이제 PR 전문가로서 관계와 커뮤니케이션에 탁월한 나는 블루 컬러 에너지를 드러내기 시작했다. 빛 한 줄기 찾아보기 힘들었던 로열블루에 빠져 있던 지난날에서 벗어나 평화와 투명함, 의사소통을 메인으로 하는 로열블루 빛의 홍보팀장이 되어갔다.

광고하며 접대받고
홍보하며 접대하기

BRAND Marketing Communication & Media PR Expert

이것이 내 이력서에 붙어 있는 나의 타이틀이다. 아래로 몇 줄의 수식어가 더 붙는다.

브랜드 광고 마케팅, 미디어 PR 전략가
마케팅 프로모션 & 컨퍼런스, 전시회 및 이벤트
내부 & 외부 – 온/오프라인 커뮤니케이션

컴퓨터 타자만 겨우 연습해서 브랜드 회사에 입사한 새내기 PR 대리는 23년 후 브랜드 커뮤니케이션 & 퍼블릭 릴레이션 팀 수석 부장으로 명예 퇴직했다. 첫 직장인 휴맥스에서 나는 까칠하기로 소문난 아줌마 대리였다. 어느 날 옆 팀 남자 대리가 내게 부탁했다.

"저기요, 손님이 와서 그러는데 커피 좀 준비해주실 수 있을까요?"

오피스 경력 1도 없는 30대 애 엄마는 아무렇지 않게 대답했다.

"내가 여기 손님 커피나 타주려고 입사한 줄 아세요?"

내 안에는 여성학으로 무장된 보호본능이 손톱을 세우고 있었다. 그건 공격성도 아니었고 분노도 아니었다. 두려움이었다.

날이 선 채로 곧은 말을 담아 이메일을 보내는 나에게 인사팀 과장은 종종 충고했다. 그렇게 시베리아 벌판의 칼날처럼 앉아 있다가는 사람들도 곁에서 다 도망가고 결국 부러져버릴 수 있다고, 적당히 굽힐 줄도 알아야 한다고 말해주었다.

사실 무서웠다. 동료들이 내가 아무것도 할 줄 모른다는 것을 알아차릴까 봐 겁이 났던 것이다. 출근과 동시에 컴퓨터를 켜고 앉아 아웃룩을 열고 좌르륵 와 있는 업무메일들을 보며 이것들을 다 어쩌면 좋지? 하는 속마음을 누구에게 들킬까 봐, 내가 사무실 컴퓨터 앞에 앉아 일해 본 적이 한 번도 없는 그냥 '아줌마'라는 것을 들킬까 봐 잔뜩 굳어 있었다.

다행히 채용 때부터 쭈욱 나를 지켜보던 인사팀 과장이 툭하면 "하이고, 이 아줌마야." 하며 많은 구박과 선의를 베풀어주었다. 그 덕에 나는 회사에 조금씩 적응하고 안착해갈 수 있었다.

빠르게 이해하고 배우는 장점이 있던 나는 MS Office 관련 책을 사놓고 워드며 엑셀, 파워포인트를 익혔다. 일요일에도 출근해서 주중에 하지 못한 업무를 처리했다. 그땐 아직 주 5일 근무를 하기 전이었는데, 일요일에 사무실에 나가면 경영지원본부 내의 전략기획팀, 인사팀, 전산팀의 젊은 담당자들이 늘 출근해 있었다. 나는 휴일마다 그들의 도움을 받아 사무의 기본기를 착실하게 익혔다. 추가로 IT기업에 관한 책과 홍보 업무에 필요한 책들을 읽으며 회사가 어떻게 돌아가는 곳인지 파악해갔다.

경직되었던 내근직을 할 때와 다르게, 외부 기자와 커뮤니케이션해야 하는 홍보 실무를 할 땐 날아다녔다. 나는 방송국에서 스텝들을 대할 때처럼 깍듯하고 정중하고 상냥했다. 가면을 쓰고 미디어를 대하는 것이 훈련되어 있었고 자연스레 그 태도가 드러났다. '코스닥의 삼성전자'로 불리던 기업 휴맥스는 출근만 하면 기자들의 전화가 수시로 울려댔다.

홍보 업무는 릴레이션십Relationship이다. 말하자면 '친해지기'를 해야 한다는 것이다. 당시 내가 가지고 있던 미디어 리스트에는 방송 3사와 종편을 제외하고도 인쇄와 온라인 매체 70여 개가 있었다. 언론사는 일반 대중 매체만 120여 개였고, 각 산업군마다 20~30개씩 있는 산업 전문 매체도 있었다. 상장 기업에서 증권부 기자들은 관리 대상이었다. 이들과 주기적으로 만나서 식사를 하며 소위 '접대'라는 것을 해야 했다. 회사의 좋은 기사 거리를 보도자료로 써서 모든 매체에 이메일을 보내고 보도되게 하는 것이 나의 KPI였다. 그러려면 기자들에게 잘 보이고 아양을 떨어야 했다.

회사는 국내 시장보다 해외 시장에서 높은 매출을 올리며 매년 큰 폭으로 성장했다. 그 덕에 나의 역할과 기여도도 확장될 기회가 생기고 있었다. 혼자서 하던 홍보 일은 광고 업무와 함께 마케팅 커뮤니케이션팀의 직무로 거듭났다. 직속상관이 새로 입사하고 팀원도 늘어나 3명이 일하는 팀이 되었다. 이젠 통합 마케팅 커뮤니케이션IMC:

Integrated Marketing Communication이라는 업무를 맛보며 브랜드 아이덴테티Brand Identity를 구체화하고 형상화하는 또 다른 전문 영역으로 확장해갔다.

이때 브랜드 성장을 위한 마케팅 툴의 중요성을 알았다. 퍼스널 브랜드라는 단어가 난무하는 요즘 시대에 과연 어떻게 사람이 브랜드가 될 수 있는지 그 실천적 방법에 대해 나만큼 구체적으로 아는 사람은 별로 없을 것이다. PR은 '나 잘했소, 나 정말 믿을 만한 사람이오.'를 세상에 떠드는 툴이다. '내 제품을 사시오.'가 절대 아니다. 그러나 대문 밖으로 소리쳐 떠든다 한들 들어주는 사람이 없으면 꽝이다. 그래서 언론이 중요하다. PR은 기업이 언론사의 기자들과 관계 맺기, 친해지기를 통해서 '나 잘했다고 좀 알려주시오.'라고 대신 부탁하는 일이었다.

용모와 복장이 갖추어진 사람을 만나면 그 사람의 내면을 탐구하고 싶어진다.

그러나 용모와 복장이 갖추어지지 못하면 계속 그것만 보게 된다.

패션계의 흔들리지 않는 명품 브랜드 샤넬의 코코 샤넬

이 한 말이다. 한 회사의 용모와도 같은 브랜드 광고를 30초, 45초 안에 인상 깊게 만들기 위해 얼마나 많은 전문가들이 고민했을까. 나는 그 흥미진진한 과정을 세세히 파악하고 내 안에 꼭꼭 담았다. 그것들이 때로는 리플릿 인쇄물이 되었고, 어느 때에는 회사 소개 영상이 되었으며, 네덜란드, 영국, 독일, 미국에서 진행한 100스퀘어짜리 국제 전시회의 브랜드 부스가 되기도 했다. VIP 고객을 위한 특별 이벤트 프로모션이나 기자들을 위한 미디어 컨퍼런스로 열리기도 했다.

나는 2018년 퇴직할 때까지 브랜드 마케팅과 이를 위한 커뮤니케이션 업무를 바닥부터 배우며 성장했다. 다양한 툴이 융합Integrated되어 브랜딩 캠페인으로 완성되기까지의 모든 실무 과정을 겪었다. 새벽 2시까지 주요 매체 기자들의 술 접대를 한 날엔 1명씩 택시를 잡아 태우고 택시비까지 기사님에게 전달하고 나서야 겨우 허리를 펼 수 있었다.

사람들은 술을 한 방울도 못 마시는 내게 어떻게 한국 기업에서 음주 없이 홍보팀장을 할 수 있냐고 묻곤 했다. 한번은 어떤 언론사 매체 팀장이 저녁 접대 자리에서 내가 술을 마시지 않는 것을 매우 불쾌하게 여겼다. 갑자기 술병을 내 앞 잔에 따르며 "내가 당신보고 사귀재? 그것도 아닌데 왜 술을 안 마셔?"라며 언성을 높였다. 나는 웃으며 술을 받았지만 물과 슬쩍 바꿔서 마셨다. 상대가 이미 취해 있었기 때문이다. 취중이라지만 그 팀장은 어떻게 나에게 그리 무례할 수 있었을까. 가끔 분당 동네로 찾아와 노래방에서 블루스를 추자고 치근대는 기자도 있었다. 많은 일을 겪으면서 나는 더욱 두꺼운 가면을 쓰고 그들의 비위를 맞추었다. 진심을 내어주지 않고 나를 지켰다. 어떤 상대들은 날 어려워했고, 누구는 날 보고 고고하다고 말했다. 그 정도가 적절했다.

"웹젠에 새로 온 여자 홍보팀장, 장난 아니라며?"

"ING의 여자 홍보팀장 만나봤어? 술 한 방울도 안 한다던데."

이런 소문들을 전해 들으며 싱글맘 대학원생은 허당 같은 대리에서 과장이 되고 팀장이 되고 차장이 되었다. 차곡차곡 브랜드 홍보 및 광고 전문가로 커리어를 쌓아갔다.

휴맥스 2년 차일 때 어느 날, 나는 상사를 찾아갔다. 그의 자리는 사무실 통창 앞이었고, 내 책상보다 두 배는 넓어보이는 책상에서 창 너머로 넘실대는 햇살을 받으며 뒤로 기대앉은 그 상사의 자리가 퍽 근사해보였다. 난 당돌하게 고백했다.

"부장님, 저는 여자 억대 연봉자가 될 거예요."

나는 크리스탈인가, 검인가

ING생명의 아시아 본사 APEC가 한국 지사를 철수하려는 조짐을 보이는 와중에 나는 상사와 갈등이 심했다. 자기 식구는 막 대하고 타 팀에게는 한없이 나이스한 상사를 자꾸 들이받는 것도 피곤해졌을 무렵 새로운 기회가 왔다.

어쩌면 마지막일 수도 있는 이직에 성공하며 마침내 연봉 1억을 완성했다. 41살까지 다져온 성과의 면면을 또다시 보여주면 되는 거였다. 이직한 영국 PCA생명(푸르덴셜생명보험)은 외국계임에도 불구하고 CEO는 한국인이었다. 조직 구조상 마케팅 전무가 내 위의 보고 라인이었는데, 사장이 어찌나 나를 불러대던지 내 책상이나 의자에 센서가 달려 있나 보다고 농담을 할 정도였다. 의자에서 잠시라도 엉덩이를 떼면 사장은 다이렉트로 전화를 해서 왜 그리 자리를 비우냐고 타박을 해댔다. 매일 그렇게 사장에게 시달리던 중 한번은 되지도 않는 경우를 가지고 하도 잔소리를 듣는 바람에 CEO에게 긴 메일을 썼다.

제가 알기로 사람은 다양한 종류가 있는데 어떤 사람은 크리스탈같이 소중히 다뤄주고 매일 닦아주고 쓸어줄 때 반짝거리며 찬란하고 투명하게 빛나는 제 모습의 가치를 한껏 드러낼 수 있습니다. 반대로 어떤 사람은 날 선 검과 같아서 대장장이가 뜨거운 불에 달구고 매번 무거운 도구로 땅땅 세게 두들겨주고 날을 갈아 날카롭게 세워주어야만 검으로써 무언가를 단칼에 벨 수 있는 제 구실을 할 수 있을 것입니다.

저는 검이 아니라 크리스탈 같은 인재입니다. 크리스탈을 검인 줄 잘못 알고 불에 달구고 도구로 두들기고 날을 간다면 그 크리스탈은 박삭 부서져버려 원래의 눈부시고 반짝거리며 빛나는 역할 자체도 못하게 될 것입니다.

그 당시 나의 스트레스도 이만저만이 아니었지만, 저런

메일을 받은 50대 후반의 계리사 남자 사장은 어떤 느낌이었을까? 부장으로 새로 입사한 지 얼마 되지도 않은, 한 10년쯤 어린 일개 여자 부장에게 위와 같은 메일을 받았다면 모르긴 해도 기가 차고 화가 치밀어 재떨이를 던지거나 책상을 뒤엎었을지도 모른다.

나는 어떻게 되었을까?

CEO는 마케팅 전무를 시켜 나와 셋이 술자리를 잡았다. 당연히 술도 마시지 않고 죄송하다고 사과도 하지 않는 나에게 CEO는 징그럽게 웃으며 물었다.

"김 부장은 누구 사람인가?"

솔직히 나는 마흔이 넘었는데도 술자리에서 건네는 남자 사장의 저런 질문을 잘 알아듣지 못할 정도로 순진했다. 이전에도 종종 '김 팀장은 너무 나이브한 거 아니냐'는 말을 기자나 임원들에게 들은 적이 있었지만 그 말조차도 왜 하는지 잘 몰랐다. 뭘 어쩌라는 거지? 속으로 고개를 갸웃하며 다시 내 일을 할 뿐이었다.

이번 사장의 질문에도 상냥하고 화사하게 웃으며 대답했다.

"에이, 사장님, 회사에 그런 게 어딨어요? 저는 제 일을 열심히 할 뿐인데요."

그 이후 나는 편하게(?) 일에만 집중할 수 있었고 사장이 나를 직접 찾는 경우는 그 사람이 먼저 잘릴 때까지 거의 없었다. 이전의 건설사 회장과는 분명 달랐다.

내가 메일에 썼던 글은 어느 중국 고전에서 읽었던 내용으로, 사람마다 그 쓰임과 용도가 다르다는 뜻이다. 인정과 칭찬은 직장생활을 하는 동안 나로 하여금 폭발적인 에너지를 내게 해주었다. 나를 소중히 여기고 빛나게 해주는 사람을 위해 난 가능한 나의 모든 수단과 능력을 동원해 날 증명해보였다. 나에겐 버릴 수 없는 '나다움'에 대한 고집이 있었다. 무엇을 하든 내 마음에 들 정도의 퀄리티를 내고 싶었다. 물론 세상엔 검 같은 친구들도 있다. 난 부서장이 된 이후로 아랫사람들이 어떤 그릇인지 빠르게 파악하고 각자에게 맞는 방법으로 관리했다. 검 같은 친구들은 꼭 따로 불러 따끔하게 질책하며 잘못을 인정하게 해야 그것이 반복되지 않았다.

어쨌거나 나는 크리스탈이나 유리로 된 그릇인가보다. 사업을 하면서 내 그릇의 크기가 얼마만 할까 생각해보았다. 『부자의 그릇』에서는 사람이라는 그릇은 그 안에 담을 수 있는 복의 크기에 따라 달라진다고 한다. 나라는 그릇 안에 걱정, 불안, 염려, 시기, 질투, 경쟁 같은 시커먼 돌들이 가득 담겨 있다면 복이나 재운이 들어올 자리가 없다. 그 돌들을 꺼내 빈자리를 만들어야 좋은 감정이나 복이 들어올 수 있다. 사업을 하고 있는 지금의 나는 그릇 속 부정적 요소들을 자꾸 꺼내고 비우고 동시에 그릇을 넓히는 연습을 하고 있다.

부자들은 원래 그릇도 크고 비우기도 잘하는 사람이라고 한다. 아울러 수련을 통해 끊임없이 자신의 그릇을 키워가는 연습을 한다. 재물은 그 자체가 힘이 있어서, 재물을 가진 사람이 그보다 큰 힘과 지혜로 재물을 다루지 못하면 도리어 패가망신할 수 있다. 복권에 당첨되거나 졸부가 된 사람이 그 재물을 오래 지키지 못하는 이유가 그것이다. 그러니 자신은 어떤 종류의 그릇인지, 얼만큼 담을 수 있는지, 어떤 용도로 쓰일 수 있는지를 먼저 알아야 한다.

23년 직장생활을 끝내고 실업급여를 받는 6개월 동안 나는 다음 무언가를 찾았어야 했다. 그때 나의 그릇은 어떤 모양으로 무엇이 담겨 있었을까?

내꺼 하자 내가 널 사랑해 어? 내가 널 걱정해 어?

내가 널 끝까지 책임질게

내꺼 하자 니가 날 알잖아 어? 니가 날 봤잖아 어?

내가 널 끝까지 지켜줄게

– 「내꺼하자」 인피니트 노래 중

그때 흥얼대던 노래였다. 좋아하는 거, 잘하는 거에서 이젠 나만의 '내꺼'를 해야 할 때였다. 어쩌겠는가? 내 귀에는 그렇게 들렸던 것을.

이직으로 연봉 점프하기

웹젠에서 팀장으로 일하던 2007년 봄, 경기도의 한 건설 디벨로퍼 회사로 스카우트되었다. 2000만 원 정도 연봉을 높일 기회였다. 본사가 일산에 있어서 분당에서 일산까지 출퇴근해야 한다는 난점이 있었지만, 인사팀장은 광화문 파이낸스센터에 지사가 있으니 주로 광화문으로 출근하면 된다고 말했다. 막상 출근을 시작하니 실상은 아니었다. 마케팅 실장으로 입사한 나를 포함해 모든 임원이 매주 월요일 일산 본사의 대회의실에서 주간 회의를 했다. 부장 이하 직원들은 양복을 차려입고 회의실 내부에 빙 둘러서 있었다. 한 번도 본 적 없는 회의 풍경에 여기 뭔가 다른 조직임을 감지했다. 나는 아무것도 모르는

척, 웃으면서 한 마디 건넸다.

"아니, 앉으시지요……. 왜 다들 그리 서 계세요?"

대답하는 사람은 물론 앉으려는 사람도 없었다. 형님을 모시는 조직원들의 도열 같았다.

나의 직책은 마케팅 커뮤니케이션 실장이었지만 얼마 지나지 않아 직책과 무관하게, 이 회사는 60대 회장의 수행비서 겸 얼굴마담 역할을 원하고 있었다. 회장이 어디를 가든 나는 영문도 모르고 졸졸 따라다녀야 했고, 광화문 출근보다 회장의 출근지로 함께 출퇴근해야 하는 날이 훨씬 많았다. 그런데 어쩌나. 나는 이제 그렇게 고분고분한 여자가 아닌 것을. 내 안에 있던 반골 기질이 스프링처럼 튀어나왔다. 인사팀장에게 입사할 때 한 약속과 상황이 다르다며 줄기차게 문제를 제기했다. 충돌이 잦자 회장이 날 찾는 횟수가 급속도로 줄었다. 이제 일다운 일 좀 하나보다 생각할 즈음 늘 책상 앞에만 앉아 있는 소위 바지사장이 날 찾았다.

"김 실장, 외국에 공부를 좀 하러 가면 어떨까?"

말인즉슨 회사를 그만두라는 말이었다.

"회사 잘 다니는 사람 불러서 갑자기 무슨 말씀이신지요? 첫눈에 반해 결혼하자 졸라놓고 겨우 3개월 지나 이혼하자고 하는 거랑 다를 게 없네요?"

따지던 나는 그해 약속받은 연봉을 위로금(?)으로 줄 테니 좋게 마무리하자는 말을 듣게 되었다. 입사 때만 해도 나에게 일산 집도 주겠다, 연봉도 올려주고 임원도 시켜주겠다던 회장은 어느 순간 코빼기도 볼 수 없었다. 그러면서 나가라는 말은 바지사장을 시키는 비겁자였다. 이런 수준 낮은 조직에 더 있을 필요가 없어 미련 없이 그 회사를 나왔다. 1년 치 남은 연봉을 일시금으로 받은 나는 갑자기 백수가 되었다.

이직을 고려할 때에는 연봉뿐 아니라 인더스트리in-dustry와 기업의 조직 문화도 무척이나 중요하다는 걸 깨달았다. 이후로 나는 작은 건설사나 생필품 제조사, 코스메틱과 명품 브랜드, 뷰티 화장품 쪽은 아무리 높은 직급에 좋은 조건이라고 해도 시선을 돌리지 않았다. 기자들과 동료들을 통해 그 업계의 열악한 근무 환경과 조직 운영의 후진성, 기업 문화에 대해 익히 들어왔기 때문이다. 열심히 일하기 위해선 직장 분위기와 환경도 중요하다.

백수가 된 김에 고민하던 딸애 교육을 위한 유학길에 올랐다. 조카와 언니를 뉴질랜드에 정착시키고, 다시 헤드헌터의 연락을 받아 나만 1년 만에 한국으로 돌아왔다. 뉴질랜드에서 랭귀지 스쿨을 다니면서 여러 가지 아르바이트를 하며 그곳에 정착해 살까 길을 찾기도 했지만, 결정적으로 이민 자격이 되는 아이엘츠IELTS 테스트에서 합격점인 6.5를 받는 것에 실패했다. 한국에서 올려놓은 내 몸값을 포기할 수도 없었다.

한국으로 혼자 돌아오니 39살. 본격적으로 딸아이의 학비와 생활비를 버는 기러기 싱글맘의 생활이 시작됐다. 1년 가까운 공백을 감안해 헤드헌터가 추천했던 정상JLS사에 입사를 준비했다. 코스닥에 우회상장을 마친 정상JLS를 위한 1년간 홍보 전략을 면접에서 프레젠테이션하고 합격했다. 정상JLS는 우리가 잘 아는 대치동의 정상어학원이다. 지금까지 다닌 회사와는 또 다른 교육 분야의 기업이지만, 그 모양새는 뭐랄까……. 전국에 있는 정상어학원을 서포트해주는 사무실 정도로 느껴졌다. 코스닥 상장에 성공해 기업 CI를 바꾸고 브랜드화를 추진하려는 시점에 전문가가 필요한 모양이었다.

다시 한국에서 직장생활을 시작하면서 나는 금융업계에 진입할 목표를 세웠다. 하지만 좀처럼 기회가 닿지 않았다. 사실 나처럼 여러 분야를 거치면서 마케팅 커뮤니케이션과 미디어 PR을 바닥부터 경험해 커리어를 쌓은 사람은 별로 없었다. 사람들은 대부분 같은 산업군 내에서 이직을 한다. IT업계면 계속 IT업계 내에서, 온라인 게임 산업이면 게임 기업 중에서 말이다. 일종의 업계 장벽이지만 그것을 넘어서면 다른 업계에서 선제된 경험을 또 다른 업계에서 변형해 실행할 수 있기 때문에 혁신적이고 차별적인 성과를 낼 수 있다. 내게 쌓인 다양한 경력은 나를 독특하고 특별한 전문가로 포지셔닝해주었다. 그러나 금융업계는 장벽이 높았다. 1차 서류전형부터 금융업계 경력자만 받는 현실이었다.

참고로 헤드헌터들은 지원자를 입사 성공시킬 경우 기업으로부터 커미션을 받는다. 지원자는 아무 비용이 들지 않으므로 헤드헌터와 접촉하는 것에 거리낌을 가질 이유가 없다. 언제 올지 모를 기회를 위해 구직사이트에 이력서를 등록해놓고 계속 업데이트해 두어야 한다. 내가 처음 대학원 학과 사무실에서 검지와 중지만으로 떠듬떠듬 키보드를 쳐서 이력서를 올리던 정도 이상의 노력은 해야 한다. 비용을 들여 더욱 멋지고 화려한 이력서를 만들 수도 있겠지만 과한 것은 오히려 독이 될 수 있다. 그런 이력서로 회사에 들어간다 해도 꾸며진 모습은 결국 드러나기 마련이다.

수시로 구직사이트를 검색했다. 이제 곧 마흔이 되는 나 정도의 경력자면 몸값이 무거워서 일반 구직은 별로 가능성이 없었다.

정상JLS 입사 후, 1년쯤 되었을 때 나는 전국 지점을 돌며 행사와 마케팅 행사를 하고 있었다. 어느 날 우연히 ING생명에서 홍보와 PR & CSR(사회공헌활동) 팀장급, 차장을 모집하는 공고를 보았다. ING생명이라고? 헤드쿼터가 네덜란드인 세계적 생명보험 회사이며 한국 회사에만 1500여 명의 직원을 둔, 당시 외국계 보험사로는 1위의 업체 아닌가. 그런데 이상했다. 마케팅 커뮤니케이션 부분의 PR & CSR을 책임지는 팀장을 뽑으면서 헤드헌터를 통해 걸러진 사람을 모집하지 않고 공개 포털사이트에서 구인을 하는 것이다. 경력이 10년 차 이상인 사람을 뽑는데도 말이다. 내 경험상 이러한 경우는 2가지로 짐작됐다. 내정자가 있어서 프로세스상 들러리가 필요한 경우 아니면 정말 투명한 절차를 거쳐 인재를 뽑겠다는 확고한 의지였다.

전형 절차는 비슷했다. 난 ING생명에서 제공하는 지원서 양식에 맞춰 서류를 제출했다. 돈은 안 들지만 시간과 노력이 필요한 일이었다. 하루 저녁 몇 시간을 공들여 국

영문 이력서를 작성하고 수정했다. 근무 조건은 매력적이었다. 국내 모든 산업계를 통틀어 연봉이 가장 높으며 일명 '철밥통'이라고도 불리는 외국계 금융회사. 위치는 서울시청 인근으로, 분당에서 광역버스 한 번으로 출퇴근이 가능했다. 이직에 성공한다면 기업 사회공헌활동이라는 분야까지 경력을 확장시킬 수 있었다. 내정자가 있을 확률이 높았지만 혹시 모를 1%의 가능성을 보고 지원했다.

지원 후 1주일이 채 지나지 않아 ING생명 인사팀으로부터 서류 전형에 합격했다는 연락을 받았다. 솔직히 어떤 이직이든 지원을 하고 나면 그 뒤엔 잊어버리고 지낸다. 안 되면 말고라는 식의 배짱을 가질 수 있어야 한다. 지원서를 낼 때마다 연락 오기를 매일 기다리며 살다가는 초조함과 기대감으로 하루하루가 괴로워진다. 어쨌거나 이제 2차 부서장 면접과 3차 외국인 임원 면접이 남아 있었다. 내정자의 들러리라면 1차 서류전형 정도는 합격할 수도 있었다.

2차 면접을 마쳤는데 부서장이 말했다.

"지금 바로 이어서 네덜란드인 상무님과 3차 면접을 진행하시는 것이 어떨까요?"

예상도 못 한 상황에서 3차 면접인 임원과의 영어 인터뷰까지 이어서 마쳤다. 그날 이후 열흘이 넘도록 연락이 없었다. 뉴질랜드에서 랭귀지 스쿨을 다니긴 했지만 솔직히 그래도 영어회화엔 자신이 없었다. 마음이 초조해지기 시작했다. 면접 때 분위기라면 일주일 내에 최종 연락을 받고 입사날을 조율하고 있었을 것이다. 안 된 건가? 불안이 스물스물 올라왔다.

2주가 다 되어갈 때 문득 '내가 먼저 연락 못 할 건 뭐냐?'라는 마음이 용수철처럼 솟았다. 면접 때 받았던 명함을 찾아 2차 면접을 본 부서장에게 전화를 했다. 안 됐다면 차라리 빨리 알고 마음을 접는 것이 나았다.

전화벨이 울리고, 부서장이 받았다. 당시 ING생명의 MC(Marketing Communication) 부서장이었던 그는 사내에 큰 행사가 있어서 그간 연락을 못 했다며 사과했다. 여러 측면에서 후보자님을 고려하고 있으며 다음 주에 인사팀을 통해 공식적으로 연락을 드리겠노라며 통화를 마쳤다. 나는 뛸 듯이 기뻤지만 인사팀에서 공식적으로 전화가 오길 다시 차분히 기다렸다.

팀장급의 경력자라고 구직사이트를 보지 않았더라면? 외국계 금융회사라고 지레 겁먹고 지원도 해보지 않았더라면? 2차 부서장 면접 이후 바로 3차 영어 인터뷰를 권했을 때 주저했더라면? 2주가 넘도록 최종 결과가 오지 않을 때 먼저 부서장에게 전화해보지 않았더라면?

2009년 12월, 나는 외국계 금융보험회사 ING생명에 PR & CSR 차장으로 입사했다. 면접자들은 나의 적극성을 높게 평가했다고 들었다. 해보지도 않고 합리화하며 자신을 위로만 했다면 내가 목표로 하던 억대 연봉자가 될 수 없었을 것이다. 금융권으로 옮겨온 나는 이후 10년간 승승장구했지만 내가 몸담았던 회사들은 그렇지 못했다.

"아니, 김 부장. 왜 가기만 하면 회사를 팔아먹는 거야?"

ING생명은 인수합병을 통해 회사를 다닌 지 2년 만에 오렌지생명으로 바뀌었다. 내가 마지막으로 이직한 영국 PCA생명은 한국 미래에셋생명과 합병되었다. 그리하여 나의 마지막 타이틀은 미래에셋생명보험의 수석부장으로 남았다. ING생명에서 PCA생명으로 마지막 이직을 하면서 2011년 연봉 1억 이상의 몸값을 만드는 데 결국 성공했다. 2001년에 갓 서른이었던 2001년 연봉 2100만 원의 대리였던 내가 상사에게 억대 연봉자가 되겠다고 고백(?) 이후 10년 만에 그 목표를 이룬 것이다.

홍보팀장이라는 사회적 직책은 블루 컬러로 상징할 수

있지만 이번 장에서 이야기한 재취업과 이직 등의 직장 생활을 보자면 온통 현실의 빨간 맛, 레드 컬러로 표현할 수 있다. 레드의 에너지는 마치 100m 달리기 출발선에 서 있는 느낌이다. 용기 있게 목표를 가지고 출발하는 컬러인 것이다. 로열블루처럼 깊은 생각에 빠져 있을 수 없다. 달리 보면 활활 타오르는 열정이고 땅의 컬러로 상징된다. 땅에 발을 딛고 움직이는 접지의 측면에서 매우 현실적인 상황이다. 그래서 현실의 매운맛 컬러이며 어떤 일이든 내 발로 움직여야만 하는, 추진력의 컬러라고 의미 짓는다. '저항'의 컬러인 레드 에너지가 없었다면 이번 장에서 소개하는 사회생활의 숱한 해프닝을 겪으면서 연봉 상승을 이뤄갈 수 없었을 것이다.

화분에 물 주며
존버하는 부장

우리나라 금융업의 규제가 까다로워지면서 글로벌 금융 회사들이 한국 시장에서 하나둘씩 철수했다. 인수합병으로 잉여 인력이 생겨나는 와중에, 내가 재직 중이던 PCA 생명 또한 2017년 미래에셋생명과 합병되면서 직원이 2000명이 넘는 대기업이 되었다.

사내 분위기는 복잡 미묘했다. 파벌이 나뉘고 이상한 기류가 흘렀다. 예민한 나는 또 다시 촉각을 곤두세우며 지내야 했다. 어떤 부서에서 작은 일만 생겨도 회사 여기저기가 술렁거렸다. 난 언제나 그렇듯 주어진 일을 잘해내고 월급을 많이 받으면 된다는 입장이었고 사내 정치엔 관심이 없었다.

몇 번의 합병을 통해 덩치를 키워온 미래에셋 내부에는 이전 회사 출신들이 여러 파벌을 이루고 있었다. 노조도 셋으로 찢어져 있었으니, 어떤 한 가지 사안만 생겨도 이견이 분분했다. 인력 과잉 상황이었기에 매일 출근해도 특별히 바쁜 업무가 없었다.

50살이 넘은 남자 부장들은 젊은 친구들의 '모심'을 받았다. 화분에 물 주고 신문 보고 삼삼오오 몰려다니며 담배나 피우다 퇴근해도 그 자리가 굳건했다. 전형적인 한국 회사의 모습이었다. 보수성이 강한 금융계라 그런지 윗사람과 남자를 우대하는 문화가 강했다. 그 많은 임원 중에서 여자 임원이라고는 PCA생명에서 옮겨간 상무 1명이 다였다. 한번은 내가 나보다 나이가 어린 동료 부장과 엘리베이터에서 몇 마디 주고받았는데, 이후 PCA 출신은 여자가 남자 부장에게 반말을 한다는 소문이 파다하게 퍼졌다. 외국계 금융사 8년 차에 모처럼 용수철 같은 반발심을 또 느꼈다.

1년에 한 번 회장이 주선하는 여자 부장들의 골프 행사가 있었다. 거기 참석하기 위해 차부장들은 골프 레슨을 다니기도 했다. 여태 술도 안 마시며 기자들 접대를 해온 내게 골프를 배우라니, 어이가 없었다. 친한 남자 동료 부장들과 커피라도 한잔할 때면 앞으로 어떻게 할 거냐는 질문이 날아들었다. 다른 여러 동료들이 합병된 이 회사에서 살아남기 위해 새롭게 하고 있다는, 갖가지 웃픈 사례들이 들려왔다. 한심하고 부아가 치미는 나날이었다.

나는 기존 마케팅팀의 아랫사람들에게 붙어서 일했다. 그 친구들은 그냥 쉬라며 업무를 공유하지 않으려 했지만, 나는 오탈자 검수 같은 단순하고 번거로운 일을 내게 주고 너희는 중요한 일을 하라고 말했다. 아무리 작은 리플릿이나 브로슈어를 만들어도 누군가 오탈자 검수는 해야만 한다는 것을 잘 알고 있으니까.

그러다 보니 나도 자연스럽게 내 경험치를 나눠주게 되었다. 마케팅 프로모션과 VIP 마케팅 관련한 일도 함께 진행했다. 내 팀은 팀장 1명에 수석 부장만도 6명 그리고 팀원들까지 16명이었는데 더 이상 내가 팀장이 아니어도 상관없었다. 내가 맡은 업무는 VIP 고객을 호텔로 초대해 사은행사를 하는 것이라 겉으로 표가 많이 나고 고객 반응에 따라 성과가 직접적으로 드러나는 행사여서 팀장은 마케팅 파트의 일이 업무 성과가 좋다고 상무에게 보고했다.

합병 후 1년 넘게 사내에서 설왕설래하던 희망퇴직이

드디어(?) 공식적으로 공고되었다. PCA에서 피합병된 친구들은 모두 술렁였고 타깃은 딱, 나처럼 나이 많고 연봉이 높은 차부장급이었다. 조건은 36개월 치의 연봉과 퇴직금 그리고 퇴직 후 6개월간 실업급여를 받게 해주는 것이었다. 사내 메신저와 카톡에 불이 나기 시작했다. 할 거냐, 누구는 벌써 던졌단다, 버티는 게 나은 거냐, 지나가면 언제 또 할지 모른다, 조건이 나쁘지 않다 등등. 정말 개피곤했다.

이어서 희망퇴직 타깃을 대상으로 임원들의 면담이 시작되었다. 나를 면담한 상무는 합병된 이래 처음 얼굴을 마주한 사람이었다. 그는 페이퍼만 바라보며 눈도 마주치지 않은 채, 첫 마디를 던졌다.

"음⋯⋯. 다음 인사이동 때 김 수석을 어디로 보내야 할지 모르겠어. 어디 갈 데가 없어."

이번에 희망퇴직을 신청하지 않으면 다음 봄 인사발령에서 나를 엉뚱한 부서로 옮기겠다는 으름장이었다. 미디어 PR과 마케팅 커뮤니케이션 분야에서 20년 넘게 쌓아온 내 커리어를 알고나 저런 말을 지껄이는 것인가. 모욕감을 느꼈다. 친한 동료 부장은 이럴 때야말로 존버(X나게 버티기)가 답이라며 퇴직은 생각도 하지 말라고 내게 충고했다.

"그냥 버텨. 어느 부서에 보내든 누가 누나를 건드리겠어? 여기 애들 수석부장에게 함부로 안 하는 거 봤잖아. 누나 여태 딸내미 유학시키고 노후 자금 있어? 이제부터 적당히 다니면서 노후 자금으로 1년에 1억씩은 벌어야지?!"

다른 후배 차장은 희망퇴직 의사를 내비쳤다.

"월급쟁이가 퇴직금 외에 목돈을 챙길 기회는 이때 한 번뿐이야. 이것도 그나마 금융계라 조건이 훨씬 좋은 거라니까요."

노후 준비는커녕 여태 못 갚은 대출이 남아 있는 것도 사실이고, 월급쟁이가 5억 가까운 돈을 받을 수 있는 기회가 없는 것도 맞는 말이었다. 하지만 매일 출근해서 젖은 낙엽처럼 버티는 일, 존버는 내겐 할 짓이 못 되었다. 나는 왜 일했던가.

"얼마나 좋아? 일 적게 하고 적당히 시간 때우면서 월급 꼬박꼬박 나오지. 그러면 그게 월급쟁이에겐 최고 아니야?"

친한 부장은 거듭 말렸고, 스스로도 머리로는 수긍하지만 지금도 그렇게 살 수 없다는 걸 그때도 알았다.

마침 딸아이가 뉴질랜드에서 졸업도 하기 전에 취업에 성공했다는 소식을 들려주었다. 두바이 아랍 에미레이트 항공사 승무원으로 입사하게 된 것이다. 희망퇴직에 대해 상의하자 남자친구는 나쁘지 않은 조건이라며 지지해 주었다. '설마 내가 놀겠어?' 하는 배짱으로 희망퇴직 신청 이메일을 날리고 직장생활에 종지부를 찍었다. 2018년 11월이었다.

지금 여기는 제주도 협재 앞바다의 한 카페이다. 창 너머로 푸른 바다가 가득하고 비앙도가 건너다보인다. 2018년 퇴직하던 때를 떠올리니 참 허무한 23년 차 월급쟁이의 말미였구나 싶어 씁쓸함이 밀려온다. 잘하고자 일했고 그렇게 평가받는 줄 알았지만 그와 무관하게 퇴직의 압박이 왔던 날. 인정받았고 사회적으로 존재감을 보여줬지만, 내 마음에 대해서는 아무도, 나조차도 아랑곳하지 않았다. 직장생활 시기를 돌아보는 일이 나에게는 참 힘들었다. 그땐 어떻게 그토록 강하게 나를 밀어붙일 수 있었을까? 두려움에 철저하게 대비한다는 컬러, 로열블루에서 벗어나 레드 컬러의 정장에 하이힐을 신고 타이트함으로 무장한 채 오랜 시간 나를 단련했구나.

노트북에서 눈을 돌려 제주 바다를 잠시 바라본다. 이제야 지난 치열했던 23년을 간결하게 표현할 수 있게 되었다. 눈이 천천히 깜빡여진다. 2000년부터 딸을 키우며 먹고살아야 한다는 현실 앞에서 그간 해낸 것들을 돌아본다. 그리고 나에게 말한다.

그래, 그랬구나.

이제라도 그럴 수 있어 그저 다행이다.

거울 속의 커리어우먼

점심시간은 직장인들에게 황금 같은 시간이다. 그 시간을 통해 누구는 정치를 하고 누구는 접대를 하고, 서로 교제하며 포섭(?)도 한다. 친한 동료끼리 스트레스를 풀기도 한다.

브랜드 커뮤니케이션과 미디어 PR을 주업무로 하는 내게는 점심시간도 업무의 연장선이었다. 회사를 옮겼을 때만 새로운 동료들과 친해지는 시간으로 활용했다. 몇몇 남자 동료는 점심을 먹자고 청하며 예약해둔 장소를 알려주기도 했다. 대부분 이탈리안 레스토랑이었다.

그날도 외부에서 진행된 사내 교육을 마치고 사무실로 돌아가는 길이었다. 눈인사만 나누던 남자 차장과 횡단보도에 서 있었는데 그가 말을 걸어왔다.

"부장님, 점심 한번 드시죠?"

좋다고 대답하자 그가 다시 물었다.

"스파게티 드시겠어요?"

"좋죠. 차장님 스파게티 좋아하시나 봐요."

"아니요. 음, 부장님은 스파게티만 드실 것처럼 생기셨어요."

갑자기 그 이전 남자 동료들이 왜 이탈리안 레스토랑만 예약했는지 화르르 떠올랐다. 웃음도 나왔지만 남자들의 속내가 느껴져서 어쩐지 재수가 없었다. 며칠 뒤 나는 괜한 반발심에 그 차장 동료와 청국장을 먹었다. 돌아온 말은 "이런 것도 드세요?"였다.

어떤 기자는 내게 밥은 할 줄 아냐며 밥솥 손잡이도 안 잡아봤을 것 같다는 소리를 했다. ING생명의 상사는 나보고 자기가 만난 여자 중에 가장 완벽한 서울깍쟁이로 보였다고 첫인상을 말했다. 이전 휴맥스에서 새로 부임한 디자인 실장은 나를 '분명하고 1도 틀림이 없는 과장'이라고 나를 소개했다. 40대에도 새로 만나는 몇몇 기자들이 나에게 조심스럽게 혹시 결혼했냐고 물으면 나는 자신 있게 웃으며 딸이 고등학생이라고 대답해주곤 했다.

그들에게 나의 이미지는 대체 무엇이었을까?

나도 왕년엔 살림 좀 해봤다고 발끈하진 않았다. 부산 출신인 그 상사에게 서울깍쟁이란 무엇인지 굳이 캐묻지도 않았다. 미혼인지 기혼인지 궁금해하는 남자들에게 당당하게 '애 엄마'라고 말할 수 있었던 나는 멋지고 매력적인 커리어우먼 이미지를 지키고자 했다.

매일 출근 시간 2시간 전에 일어나 씻고 나갈 준비를 한 뒤 그날 입을 옷과 구두를 챙겼다. 드라이로 머리를 말리고 자동차 핸들을 잡았다. 신호에 걸릴 때마다 메이크업을 했다. 운전할 때 신는 편한 신발과 제대로 된 힐을 항상 준비해 다녔고, 책상 아래에 늘 여분의 구두 4~5켤레와 슬리퍼가 있었다. 만약을 위한 재킷도 1벌 이상 꼭 있었다. 단 하루도 같은 옷, 같은 컬러를 입고 출근한 적이 없다.

이런 준비가 하루아침에 될 수 있었던 것은 아니다. 이미지를 만든다는 것은 절대로 짧은 기간에 이루어지지 않는다. 이 시절에는 퍼스널컬러나 이미지 메이킹이라는 단어도 없었다. 하지만 내 머리 속에는 프로페셔널하고 잘 갖추어진 커리어우먼 이미지가 사진처럼 늘 박혀 있었다. 난 그 사진 속에서 코디를 변화시켰다.

한번은 공무원인 사촌 동생과 쇼핑을 간 적이 있다. 날씬하고 이목구비가 뚜렷한 동생에게 어울리는 옷들을 몇 개 추천했지만 그녀는 대부분 너무 튄다며 도리질을 했다. 그녀가 고른 옷들은 어둡고 밋밋했다. 내가 보기엔 수수하기만 했다. 그때 매장의 점원이 다가오더니 사촌 동생에게 넌지시 물었다.

"혹시 직업이 선생님이신가요? 아니면 공무원?"

어떻게 잘도 알아보신다 했더니 동생은 그분이 골라준 옷을 입을 만하다며 만족해했다. 나라면 절대로 입지 않을 고루하고 촌스러운 옷이었다. 내가 머릿속에 그리는 프로페셔널하고 멋진 커리어우먼과는 많이 달랐다.

난 예쁜 것과 보이는 것에 관심이 많다. 나는 실용적인 사람이지만 실제로 활용할 수 없는 패션, 2025 SS 컬렉션의 패션 로드에서나 볼 법한 의상들도 그냥 지나치지 않는다. 그런 곳에 나오는 주요 컬러와 스타일, 소품과 가방, 구두 등의 어울림과 독특함을 마음속에 담는다. 그렇다고 매 시즌 패션쇼나 트렌드 아이템을 찾아보는 것도 아니다. 그럴 짬이나 여유도 없다. 다만, 기회가 닿아 봤던 자료들 중에 골라서 마음속에 멋지게 활동하는 커리어우먼의 이미지로 그려놓고 스스로 그 모습에 부합하는지 늘

점검했다. 살이 오를 틈을 주지 않는 예민한 신경, 매일 아침 6시부터 밤 10시가 넘어 침실에 들 때까지 쉴 틈 없는 하루, 낮잠은 고사하고 휴일에도 누워 있지 못하는 성격도 어느 정도 도움이 되었을 것이다.

　고객들에게 퍼스널컬러/이미지 컨설팅을 하면서 지금도 이상한 점을 느낀다. 많은 사람이 자신의 이미지를 그려보거나 상상해본 적이 없다는 것이다. 컨설팅을 시작하면 사전 질문지를 고객에게 주는데 자신의 이미지에 대해 묻는 문항에서 대부분의 고객은 고민하고 혼란스러워한다. 어째서 가장 자신다운 이미지를 상상해보지 않았을까?

　그것은 한순간에 이루어지지 않는다. 또한 자기 정체성과 밀접한 관련이 있다. 자기 존재에 대한 의문이 들 때 나는 책을 읽으며 상상했다. 자기 자신이 어떤 종류의 그릇인지, 어떤 크기인지, 어떤 컬러를 내며 어떤 모습일지 상상했다. 그걸 누가 대신해줄 수 있을까.

　서점에 가면 매대에 전시된 책의 제목과 디자인을 둘러보며 좋은 느낌이 드는 책을 집어 들고 목차를 가만가만 읽어내려갔다. 중요한 프로젝트가 진전되지 않으면 회사 아래 커피숍이나 미장원에 비치된 잡지를 천천히 훑어

보았다. 고민하던 콘셉트와 방향성을 떠올리며 분위기가 유사한 그림이나 컬러를 찾아낼 때면 눈이 반짝거렸다. 휴대폰이 일상화된 후로는 카메라 플래시가 반짝거렸다.

"어머? 이 머리 너무 예쁘다! 나도 하고 싶어!"

"야, 이 얼굴이니까 예쁜 거야."

우린 친구들끼리 있을 때도 새로운 헤어스타일을 보며 이런 이야기를 나눈다. 그 사진이라도 캡처하고 휴대폰에라도 조용히 담아두자. 친구가 짓궂게 저 따위로 말해도 혼자서 저장한 그 사진을 들고 헤어샵에 가보자.

어차피 할 거면 잘하자

마지막 직장에서 약 8년 정도 나의 팀원으로 일했던 2명의 차장이 있다. K 차장과 G 차장은 경력도 비슷하고 나이도 몇 개월 차이로 거의 같았다. 그 직장을 그만둔 지도 어느덧 7년이지만 2~3달에 한 번씩 "부장님, 브런치 한번하시죠." 하며 반갑게 만나 수다 보따리를 풀어내곤 한다.

K 차장은 30대 후반까지 엄마가 예쁜 도시락을 싸서 챙겨주던 막내딸로, 생기 있고 활발한 여성이다. 후배들이 고개를 설레설레 저을 만큼 완벽함을 추구하는 스타일이었고 내가 지시하는 업무에 대해서도 시작 전에 찾아와 "부장님, 요건 이렇게 하는 게 맞을까요? 저건 저렇게 하라는 뜻 맞으시죠?"라며 체크 사항들을 점검하고는 본인이

최선을 다한 결과물을 가져왔다. 하다가 잘 안 되면 중간 중간 확인도 받고 수정해가며 최종적으로 만족스러운 결과물을 냈다. 추가로 보고서에 손댈 부분이 거의 없었다.

같은 또래의 G 차장은 결혼해서 남매를 키우는 워킹맘이었다. 융통성 있고 협상력이 뛰어나서 기자들 관리를 잘했다. 다만 팀 업무를 할 때는 좀 달랐다. 함께 미팅을 통해 업무를 분할하고 나면 감감무소식이라 2~3일 후 내가 먼저 "그거 잘되고 있어요?" 하고 물어야 했다. 데드라인을 어긴 적은 한 번도 없지만 결과물은 늘 7~8% 부족했다. 꼭 티끌처럼 걸리는 부분들이 있었다.

"G 차장, 잠시 이것 좀 보죠?"

"네, 부장님. 문제 있으세요?"

표정과 말투는 상냥하지만 그녀는 내가 왜 부르는지 이미 아는 눈치였다. 내가 미진한 부분을 지적하면 그건 이래서 그랬고 저건 저래서 그 정도가 적절하다고 생각했다며 나름의 이유를 밝혔다. 하지만 나로선 다시 수정을 지시할 수밖에 없었다. 완성하기 전에 점검했더라면 말끔한 보고가 되었을 것을, 일을 한 번 더 해야 했다.

이 부분까지 할까 말까 애매할 때, 귀찮다고 그냥 넘기지 말고 한 번 더 살펴보아야 한다.

"내가 조금 더 귀찮아지면 고객이 훨씬 만족해요, 알죠?"

내가 그녀에게 늘 하던 말이다. G 차장은 언제나 밝게 웃으며 수긍했다.

G 차장은 적당히 해보고 이 정도면 됐다 싶으면 일단 던져보는 스타일이었다. 한 번 더 뾰족하게 찔러주어야 퀄리티 높은 결과물을 냈다. K와 G는 같은 또래의 여성이고 한 팀으로 친하게 지내지만 업무를 진행하는 태도와 자세는 무척 달랐다.

중요한 프로젝트가 있거나 대외적인 행사를 진행할 때면 나는 두 차장을 포함해 전체 팀원을 모아놓고 말했다. 어차피 우리에게 떨어진 일이고 정해진 날까지 완수해야 하는 일이니, 대충 해서 뒷말을 들을 바에야 어차피 할 일, 기왕이면 잘해서 찬사를 듣자고 말이다. 사실 이것은 어릴 때부터 엄마로부터 듣던 잔소리였다.

"기왕 할 거 잘해라. 왜 해놓고도 욕먹냐."

사실 월급쟁이는 그냥 하는 만큼만 해도 된다. 야근이나 휴일 근무 없이 주어진 업무 시간 동안 주어진 업무 환경에서 할 수 있는 것을 하면 된다. 죽도록 일해도 회사는 월급을 더 주지 않는다. 평가 제도가 있다고 하지만 중간

만 가도 되는 것이 회사원이다. 요즘엔 잦은 야근을 하며 월급 100만 원 더 주는 회사보다 그거 덜 주고 워라밸을 지켜주는 회사가 더 좋다고 하지 않나.

어쨌거나 난 일은 나이스하게 잘하고 싶었다. 그 근성은 지금 사업을 하는 데에도 큰 몫을 하고 있다. 아무도 나에게 잘했다 못했다 하지 않지만 '그까짓 거 대충' 하는 스타일이라면 사업하기 어려울 수 있다. 아무리 작은 자영업이라도 고객에게 가치 있는 것을 제공해야 한다. '대충' 만든 것을 돈 주고 살 고객은 없다. 사소한 일이든 큰일이든 비즈니스에서는 그 모두가 매출과 이익이라는 결과로 연결된다. 고객은 귀신같이 안다. 한 번은 넘어가도 두 번은 없다. 내가 시작했고 내가 해야 일이라면 기왕 할 거 잘 해보자. 얼마만큼? 내 자신의 마음에 들 때까지.

씨실과 날실이 엮여
면이 되는 인생

딸아이와 뉴질랜드 유학길에 오르면서 아이는 나처럼 성적과 결과물로만 평가받지 않고 살기를, 그놈의 영어가 평생 장애물이 되지 않기를 바랐다. 딸이 자기 자신을 그대로 인정하고, 자신을 사랑하고, 스스로에 대한 자긍심을 느끼고, 여유롭고 긍정적인 눈으로 세상과 자신을 바라보며 살았으면 했다.

　뉴질랜드를 유학지로 선택하기까지 많이 고민했다. 미국이나 영국, 호주 등 제대로 된 영어를 배울 수 있는 국가에는 이미 한국인이 많았고 영어를 안 써도 큰 불편 없이 코리아타운이나 유학생들 사이에서 어울리며 살 수 있었다. 자유와 함께 총과 마약도 난무하는 미국, 엄청난 물가의 보수적인 영국, 웃기는 인종차별을 하는 호주 등을 거르고 나니 동남아와 뉴질랜드가 남아 있었다. 대자연과 어울려 살며 영국 식민지 문화와 본토의 마오리 문화가 혼합된 뉴질랜드는 아이엘츠IELTS라는 영국식 표준 영어 평가를 공식적으로 채택하고 있었다. 정부 차원에서 이민과 유학을 적극적으로 수용하며 총과 마약이 없는 안전한 나라였다.

　6개월 정도 시간을 들여 뉴질랜드에서 일조량이 가장 높고 제스프리 키위로 유명한 도시 타우랑가의 유학원을 통해 사전 준비를 마쳤다. 휴맥스에 처음 입사했을 때 도움을 주었던 언니가 이번엔 조카를 데리고 우리와 함께 유학을 가고 싶다고 해서 준비를 도와주었다. 그리하여 조카는 초등학교 4학년을 마치고 내 딸은 중학교 1학년을 마친 2008년 2월에 뉴질랜드 오클랜드로 떠났다. 눈이 내려 비행기가 잘 뜰 수 있을까 걱정되던 우리나라 상황과는 달리, 비행기가 도착한 남반구의 여름은 눈부시게 빛나는 햇살로 우리를 맞아주었다.

　이후로 10년, 딸아이는 타우랑가라는 도시의 오투모에 타이 칼리지를 졸업하고 오클랜드 시티의 에이유티 대학 AUT University에서 국제관광경영학Tourism 학사bachelor 학위를 땄다. 쉽지 않은 유학생활이었지만 무사히 견뎌주었다. Happy도 모른다고 놀림받던 딸아이는 아이엘츠 평가에서 7.0점을 획득할 만큼 영어를 자유롭게 사용할 수 있게 되었다. 졸업 연도엔 뉴질랜드 5성급 호텔 코디스 랭햄CODIS by Langham에서 6개월 인턴 생활을 했고, 졸업을 앞둔 8월엔 아랍에미레이트 항공의 현지 입사 시험을 치렀다. 많은 백인 남녀와 경쟁해서 합격해 승무원 취업에 성공했다. 엄마로서 어떤 마음이었을지 상상할 수 있을까?

유학길에 오를 때 앞으로 딸아이가 큰 무리 없이, 자연스럽게 영어 문해력을 갖출 수 있을 거라고 예측했다. 그렇긴 해도 또 다른 무기가 필요했다. 순박한 내 딸은 딱히 특별한 재능이나 두드러지는 경쟁력이 없었다. 나는 커뮤니케이션 능력과 함께 인간적인 매력을 길러주면 될 것이라고 생각했다.

종종 딸아이에게 얘기해 주었다. 원단을 짜기 위해서는 씨실과 날실이 있는데, 이것은 나의 노력과 준비가 운을 만나는 것과 같다고. 가로의 씨실과 세로의 날실이 수없이 만나면서 면으로 짜이는 원단은 사람의 인생과 비슷했다. 언제든 내가 할 수 있는 것들을 해나가고 있어야 인간이 알 수 없는 순간에 찾아오는 신비한 우주의 에너지가 나머지 부분을 채워서 단단하고 쫀쫀한 너의 인생이 직조되는 것이라고 말해주었다.

내 젊은 날의 낙담과 결혼의 실패에 대해서도 설명해야 했다. 그럴 때는 '사다리 타기' 이야기를 해주었다. 신은 인간에게 인생의 최상의 길을 마련해 사다리를 그어 세상에 내려보냈는데, 그때 인간에게 '자율권'도 함께 선물해주셨기 때문에 인간도 그 사다리에 작대기를 그을 수 있다. 미련한 인간은 종종 엉뚱한 곳에 작대기를 그으며 어려운 길로 돌아가기도 하고 실패하기도 한다. 엄마도 그런 경험을 한 것이라고 말이다.

딸아이가 대학을 졸업하고 2018년 12월, 우리는 또 다른 낯선 땅, 사막과 항구가 있는 중동 아랍에미레이트의 두바이로 날아갔다. 이때만 해도 1년 후, 어떤 미세한 바이러스가 전 세계를 휩쓸기 시작할 것이라고는 상상도 하지 못했다.

핵심을 꿰뚫어보는
중년의 뇌

지금도 나는 종종 스스로에게 질문한다.

"너는 어떤 무기를 가진 사업가니?"

어떤 사람은 숫자나 회계에 능통하고, 어떤 사람은 무언가를 파는 데 기발한 재주가 있다. 또 다른 사람은 컴퓨터에 귀신이다. 보통 그런 세 사람이 모이면 스타트업이나 청년 창업을 하는 것 같다.

나의 부모 세대는 자식들의 개별적 강점을 개발해줄 수 없는 환경에서 아이를 키웠다. 나도 자라면서 내가 가진 강점을 알 길이 별로 없었다. 그저 공부를 잘해야 했다. 빨간 유니폼에 흰색 롱부츠를 신고 호루라기를 불며 멋지게 행진하는 고적대를 해보고 싶었는데 그럴 수 없었다. 피아노 전공을 시키면 어떻겠냐는 레슨 선생님의 말에 엄마는 피아노를 그만두게 했다.

내 생각에 어린 시절에 발견해서 개발해줄 수 있는 강점이 아이마다 2가지씩은 분명 있다. 그리고 20대 이후로 경험과 배움을 통해 갖출 수 있는 특장점도 추가로 2가지 이상은 될 것이다. 말하자면 타인과 다른 나만의 고유한 특장점을 4가지는 가질 수 있다는 말이다.

나의 한 가지 강점은 늘 '왜?'에 대한 답을 집요하게 찾아내는 것이다. 예전에 근무하던 회사 사장님이 "내가 왜 몇천만 원짜리 홍보영상을 만들어야 하지?"라고 질문한 적이 있다. 난 불이 붙은 듯 답을 찾기 시작했다. 2박 3일 동안 퇴근 후에 책 3권을 밤새워 읽고, 당시 가장 잘나가던 세계적인 브랜드 노키아와 블랙베리의 성공 사례를 보고서로 정리해 사장에게 들이밀었다. 결국 사장은 홍보영상 제작을 승인했다. '왜?'라는 질문은 나의 추진력과 기동력의 원천이었다.

또 한 가지 강점은 통찰력이다. 언제부턴가 돌아가는 전체 상황이 잘 보이고 '감'이 잡힌다. 정보를 얻기 위해 블로그 글을 보거나 책을 읽을 때도 그것이 진심인지 사탕발림인지 알아볼 수 있고, 정보의 정확도도 한눈에 필터링되는 것을 느꼈다. 통찰력은 뇌 전체를 통합적으로 사용할 때 발휘되는 사고력이고, 창의성이나 지혜를 이끌어낼 수 있는 능력이다.

바버라 스트로치Barbara Strauch가 쓴 『가장 뛰어난 중년의 뇌』라는 책에 따르면, 중년의 뇌는 기억력이 떨어지고 새로운 것에 대한 학습이 느리지만 포괄적 능력이 매우 뛰어나다고 한다. 중년은 판단력과 종합 능력, 어휘력 그리고 직관과 통찰력이 가장 뛰어난 시기이다. 사람과 일 그리고 재정에 관해 정확하게 판단하는 능력은 더 강해진다. 뇌가 지식을 층층이 서로 얽고 연결망의 패턴을 형성하는 덕분에 우리는 그러한 패턴과 상황의 유사성을 순식간에 인식하고 해결책을 찾아내는 것이다.

50대의 나의 뇌는 신속하게 요점을 이해하며 젊은 친구들보다 더 빨리 논의의 핵심을 파악한다. 이것은 쌓아온 지식과 경험에만 근거한 것이 아니라 뇌의 기능이 최적의 상태에 올라와 있기 때문이다. 나이가 들면 패턴을 인지하고 핵심을 꿰뚫어보는 능력이 출중해진다. 이런 사실은 사업을 하고 있는 내게 큰 용기를 주고 있다.

샤넬의 잘생긴 퍼퓸 마스터

내 딸은 샤넬 브랜드를 좋아하는 소위 '샤넬빠'라고 불린다. 가격이 웬만하지 않은데 핸드크림이라도 하나씩 사가지고 와서 좋아하는 것을 보면 잘 이해가 되지 않는다. 그런 딸 덕분에 성수동에 팝업으로 열린 퍼퓸 갤러리에 가볼 기회가 생겼다. 그날 나는 2층 쇼룸에서 우리를 상담해준 퍼퓸 마스터의 조용하고 다정한 말솜씨와 적당한 잘생김, 과하지 않은 친절에 '이것이 브랜드력인가' 하며 정말 감탄했다. '성수동'과 '명품 브랜드'라는 이질성은 이미 잊어버렸다. 아이돌처럼 생긴 좀 더 노련한 퍼퓸 마스터가 다가와 여러 샤넬의 향수와 다른 특별 한정판 제품들을 우리 앞에서 설명해줄 때에는 이미 그들에게 푹 빠져

버렸다. 결국 홀린듯이 비싼 향수 제품을 하나 구매했고 매장을 나와 겨울 오후, 구질구질하게 비가 내리는 성수동 거리에 젖은 바람이 확 번져올 때 번뜩 정신을 차렸다.

이렇게 젊고 좋은 매너를 가진 친절한 남자와 마주하고 대화해본 적이 대체 언제였던가. 그런 적이 있기는 한 걸까?

잘 관리된 몸에 핏한 검은 수트, 180cm는 훌쩍 넘어보이는 키와 적당한 신체 비율, 잘생기고 깨끗하지만 과하지 않게 환하고 선명한 메이크업의 얼굴, 샤넬 옴므일 거라 추측되는 고급스러운 향에 수다스럽지 않은 말투와 정성스러움.

그래, 나도 그랬다. 젊고 키 크고 잘생기고 친절한 남자를 1시간 넘게 마주하니 마음이 그야말로 정말 훈훈해진 것이다. 그것이 상술이고 비즈니스 서비스란 걸 물론 안다. 허나 저 정도로 잘 훈련된 매너와 좋은 용모, 깔끔한 복장, 브랜드 이미지를 등에 업고 MAN으로서 여성을 대하는 남자가 이 사회에 얼마나 있었던가? 샤넬 퍼퓸 갤러리에 데려가준 딸이 고마울 정도였다.

예쁘고 잘생기고 친절한 사람을 좋아하는 것은 인간의 본성이다. 스스로 그런 사람이 되고자 노력하는 것은 자신을 위해서도 사회를 위해서도 꼭 필요한 성장이다. 자신의 최상의 모습을 찾기 위해서는 외모뿐만 아니라 자세와 태도, 말투와 예의, 건강에 이르기까지 종합적으로 관리되어야 한다. 그런 노력은 인간의 욕구와 관계를 위한 기본이다.

멋지게 아름답게 품격 있게 나이들고 싶다.

빨간 단풍철에 내장산을 걷는 아줌마들의 점퍼가 천지에 물들어 있는 단풍보다 더 빨갛고 많더라는 어떤 강사의 이야기를 들었다. 분명 비아냥인데 우린 다 깔깔 웃었다. 언제부터 중년의 아줌마나 할머니 들이 몰려다니며 시끄럽고 우악스러운 군중 이미지가 되었을까. 이런 생각을 하는 나에게도 남성의 본성과 비슷한 면모가 있었다. 그걸 인정하니 너무 즐거웠다. 샤넬 향수를 꺼내 들 때마다 그 퍼퓸 마스터와 마주했던 흐뭇한 시간이 떠올랐다. 샤넬이 자신의 브랜드 이미지를 위해서, 또 한국 고객 만족을 위해서 얼마나 신경 써서 그 자리를 준비했을지, 비즈니스 측면에서도 좋은 인상으로 남았다.

아울러 내가 유튜브를 안 보는 이유도 분명히 알게 되었다. 꾸미지 않고 갖춰지지 않은 용모로 떠드는 사람에게 나는 눈길이 가지 않는다. 호감 가지 않는 유튜버, 직업이랄 수도 없고 취미랄 수도 없는 인터넷 채널을 통해 근거를 알 수 없는 아무 소리나 수다스럽게 풀어내는 영상에서 나는 콘텐츠의 가치를 느끼지 못한다. 요즘에는 언론 매체도 전문성과 신뢰를 잃어가고 있다. 그 속에서 올바른 정보를 가려내기는 쉽지 않다.

그래서 더더욱 자기 생각이 바로 서야 한다. 지식뿐만 아니라 예의와 견문을 넓히며 중심을 지킬 수 있어야 한다. 자신만의 이미지 메이킹은 거기서부터 시작된다.

3

좌충우돌 무지갯빛 사업

킹스맨의 비밀 기지가
양복점인 이유

기업의 정체성은 크게 세 가지로 나뉜다. 첫째가 기업의 아이덴티티CI: Corporate Identity, 둘째가 브랜드 아이덴티티BI: Brand Identity, 셋째가 대표의 아이덴티티 PI: President Identity다. 이 세 가지는 브랜드 자산Brand Equity이다. 주부들은 냉장고를 사는 것이 아니라 디오스나 지펠, 비스포크를 구매한다. 청소년들은 운동화를 사는 것이 아니라 나이키나 아디다스를 구매한다. 선택의 기준은 상품이 아니라 브랜드다. 그런 이유로 많은 기업이 사내 행사나 타운홀 미팅 같은 내부 커뮤니케이션 Internal Communication 활동에 주의를 기울인다.

내가 기업에서 담당했던 마케팅 커뮤니케이션 업무 중

에 PI가 있었다. PI는 뜻 그대로 대통령 이미지를 만든다는 뜻이었는데, 기업에서 이 용어를 사용하면서 최고경영자CEO의 이미지 구축과 관리를 뜻하게 되었다. 대기업일수록 CEO를 위한 PI는 CI(Corporate Identity)라 불리는 기업 브랜드 이미지와 함께 기업 가치를 평가하는 매우 중요한 요소다.

2000년에서 2010년까지 휴맥스의 변대규 CEO, 웹젠의 김남주 CEO, ING생명의 존 와일리 CEO, 3인의 PI 프로젝트를 진행했다. 각자 연령대와 개성이 달랐고 회사가 지향하는 브랜드 이미지도 달랐다. 변대규 대표는 '코스닥의 삼성전자'라 불리는 벤처계의 리딩 기업이자 맏형 격이었고, 김남주 대표는 고졸 출신의 대표로서 새로운 리더상을 제시하고 있었다. 존 와일리 대표는 외국인으로서 한국 사회를 위해 사회 공헌을 많이 하는 선행자로 포지셔닝Positioning했다. 이러한 CEO의 목표 이미지는 그 기업의 브랜딩 이미지를 이끄는 역할을 한다. 회사 이름은 몰라도 그 대표의 좋은 이미지를 떠올릴 수 있으면 성공인 것이다.

그 당시 PI의 대표적인 모범 사례는 컴퓨터 바이러스 백신 V3를 개발한 안연구소의 안철수 대표였다. 그는 당시 글로벌 기업으로부터 엄청난 비용으로 자신의 회사를 넘길 것을 제안받았는데 이를 거절하고 국내 기업으로 남아 애국적 기업 이미지를 각인시켰다. 이에 따라 안연구소가 기업공개IPO를 할 때 안철수라는 PI 가치를 높게 평가받아 프리미엄 가격으로 상장할 수 있었다. 안철수 대표의 정체성은 추후 우리나라를 이끌어가는 리더를 꿈꾸는 대권주자로 이어졌다.

PI는 이처럼 기업의 무형자산으로 인정받아 유형자산보다 높게 평가받기도 한다. 어느 정도의 규모를 갖춘 기업이라면 PI 관리를 하고 있으며 전담 인력도 두고 있다. PI는 최고 경영자의 마음가짐Mind Identity은 물론 행동 Behavior Identity과 외모Visual Identity 등이 한데 어우러져 형성된다. 따라서 CEO 자리에 오르면 비주얼을 전문으로 하는 전문가에게 코칭을 받아 외모를 관리하고, 대행사 등과 협업해서 PI 코칭 프로그램을 통해 말하는 태도, 웃는 모습, 사소한 습관이나 손짓, 시선 처리 등의 교육을 받는다.

그렇다. 회사에선 이런 일도 한다. 내가 한 일이 이런 일이었다. 그뿐만이 아니다. CEO를 대신해 그의 명절 인사말을 쓰고, 신문에 칼럼을 연재하고, 전 직원에게 메시지를 보내기도 한다. 영화 「킹스맨」에서 에이전트의 본 거지가 맞춤 양복점이라는 설정, '매너가 사람을 만든다 Manner Makes Man.'이라는 대사는 괜한 설정이 아니다. 사람의 내면과 외면의 이미지를 구축하는 일은 균형을 필요로 하는 장기 프로젝트다.

어느 해 겨울, 연말에 개최할 1500명 규모의 행사 드레스 코드가 빨강이었다. 남성 CEO를 어떤 이미지로 만들어야 할지 금방 떠오르는가? 당시 CEO였던 50대 후반 남성은 빨간색 보타이Bow tie로 만족하지 않았다. 크림색의 셔츠와 수트 바지, 블랙의 보타이와 구두를 맞추고 빨강 턱시도 재킷을 원했다. 대외적인 행사였다면 반대했겠지만 사내 임직원 행사였기에 우리는 그가 원하는 재킷을 구하러 다녔다. 문제는 비용이었다. 한 기업의 CEO가 산타 할아버지도 아니고 빨간 벨벳 턱시도를 입을 일이 또 있을까? 그러자 인사팀의 한 직원이 하루 저녁만 고이 입히고 다음 날 반품하자는 아이디어를 냈다. 그렇다. 회사는 이런 짓도 한다.

이미지 컨설턴트 자격증 강의를 하는 강사 중 한 분은 몇 년째 대기업 대표의 개인 컨설턴트를 하고 있었다. 그는 대표를 위해 가지고 다니는 남자 넥타이를 펼쳐서 보여주었는데, 개수를 셀 수 없을 만큼 많을 뿐만 아니라 내로라하는 고급 브랜드들이었다. 그는 타이들을 컬러와 패턴, 사이즈별로 구분해서 사용해야 하는 방법을 자세히 설명해주었다. 타이와 행커치프는 남성이 TPO(Time, Place, Occasion)에 맞는 복장을 연출하기 위해 사용되는 훌륭한 아이템이었다.

영리를 목적으로 하는 기업에서 왜 예산이 많이 들어가는 PI를 할까? 상상해보자. 평범한 흰 셔츠에 남색 양복, 검은 구두 차림의 사장님은 동네 편의점에서 만나는 영업사원과 다를 바 없다. 어떤 차별화된 믿음으로 그가 만든 회사의 제품을 사고 그 회사의 주식을 사겠는가? 기업의 수익을 창출하는 주요 고객들은 기업의 상표나 CEO에 대한 인상 또한 브랜드 이미지로 각인시킨다. CEO는 회사의 얼굴이자 움직이는 홍보판인 것이다. 한 기업이 우량 기업이냐 불량 기업이냐 하는 유형적 평가는 매출, 이익 등으로 평가하지만, 유형보다 더 큰 무형의 가치는 그 기업의 비전이나 발전 가능성으로 매겨진다. 기업 대표의 이미지는 그 기업에 대한 신뢰도와 상품의 가치를 판단케 하는 중요한 매개다.

기업 이미지가 잘 구축되어 있으면 그 회사를 다니는

직원들뿐 아니라 가족들까지 로열티를 얻게 된다. 마케팅에서 '후광 효과'라고 일컫는 이론인데 "그 집 아들이 S전자에 다니거든." "걔네 남편이 L그룹 임원까지 한 사람인데."라며 이야기를 이어가는 사람들을 엄청 많이 본다. 오죽하면 울산은 H자동차의 도시, 수원은 S그룹의 도시라고 칭할까. 한 5성급 국내 호텔의 여성 CEO가 들었다는 핸드백은 품절 대란을 일으키기도 한다. 우리는 깔끔하고 잘생기고 젊어보이며 호감 가는 이미지와 미소를 가진 CEO에게 좋은 감정을 느낀다. 촌스럽고 고집스러우며 권위적인 혹은 수다스럽고 큰소리나 치는 뻔뻔한 중년으로 보이지 않는 것이 이제는 내게도 당면한 숙제가 되었다.

사회초년생과
공동대표가 되다

'수입의 자유를 얻고 시간의 자유를 얻는다'는 주제로 온라인 강의를 몇 개 들었다. 저렇게 많은 일을 혼자 하면서 정말 자유가 가능할까? 얼마나 해야 가능할까? 3년? 5년? 수입과 시간으로부터 자유로워졌다고 말하면서도 저 강사들은 어째서 끊임없이 강의에 불려다니며 시간을 쪼개서 일하고 있을까?

난 동업에서 답을 찾았다.

남성 임원에 비해 여성 임원의 수는 매우 적다. 내가 마지막으로 다닌 미래에셋에도 1300명이 넘는 임직원 중 여성 임원은 단 1명이었다. 회사가 합병되기 전 이미 상무였기 때문에 직급을 내릴 수 없는 경우였다.

그 여성 임원을 목표로 하는 K라는 여성 차장이 있었다. 당시 40살이 다 되어가는 나이였는데, 회사 앞 오피스텔에서 살며 회사가 이전할 때마다 같이 이사를 다니고 술도 자주 마시고 건배사도 우렁차게 했다. 주말엔 임원들과 골프를 쳤다. 사람들은 그녀가 회사와 결혼했다고 말하곤 했다. 내가 퇴직한 후 K 차장은 부장으로, 다시 이사로 승진했다. 나는 그녀의 성공의 이면을 짐작하고도 남았다. 얼마나 힘들었을지 말이다. K 이사에게도 정년이 올 텐데, 임금피크제나 명예퇴직으로 나간다면 그나마 잘 풀린 케이스가 될 것이다. 스타트업이나 창조기업에는 여성 임원도 많고 여성 CEO도 가끔 있지만 대기업은 여전히 여성에게 냉혹하다.

2018년 10월 퇴직을 한 나는 가만히 앉아서 쉴 수가 없었다. 11월부터 국제 이미지 컨설턴트 자격증을 따기 위해 겨울 동안 교육을 받고 실습을 했다. 이듬해 2월 자격증을 획득했고, 같은 해 7월에 브랜미를 창업해 컨설팅을 시작했다. 팔을 뻗어 어깨동무할 수 있는 사람들에게 개업 소식을 전했다.

"희연 부장, 그래서 이제 뭐 하는데?"

"나? 이미지 컨설턴트!"

"그게 뭔데?"

이전 직장 선후배들의 도움을 받아 기업 강의를 시작할 수 있었다. 마지막 직장이었던 생명보험사는 당시 전국에 대리점이 있어서 소개를 통해 다른 지점의 출강으로 이어졌다. 포천, 평택, 부여, 인천 진주, 제주 등 먼 곳도 가리지 않았다. 공공기관이나 포스코 등의 대기업에서 강의할 기회도 있었다. 기자 인맥으로 현대백화점 판교와 신촌 문화센터에서도 강의를 진행했다. 강의를 나갈 때면 파트너를 꼭 동행시켜 경력이 쌓이게 했다. 강의 이력이 쌓여야 그도 다른 강의를 해나갈 수 있기 때문이었다.

그렇다. 나에겐 파트너 B가 있었다. B는 95년생 여자였다. 우리는 소액의 검색 광고와 블로그 체험단을 꾸준히 진행했다. 오프라인 홍보는 아직 엄두를 낼 수 없어서 온라인에 집중했다. 그리고 각자 강점을 살려서 나는 블로그를, B는 유튜브를 운영하는 것으로 일을 분담했다.

몇 년 동안 꾸준히 퍼스널 이미지 컨설팅을 하며 비즈니스 성장과 차별화된 포지셔닝을 추구했다. 온라인 마케팅이 잘되어 있으면 오프라인으로 그레이드를 넓힐 때가 온다. 5년쯤 되니 온오프라인을 넘나드는 브랜드 마케팅의 필요성을 느꼈다. 수익 규모가 늘어나서 마케팅 비용을 써야만 할 때, 시스템과 수익이 안정되어 신규 컨설턴트를 고용해 볼륨을 키울 때, 시장이 커지면서 경쟁사가 많아졌을 때, 그때가 바로 브랜딩을 시작할 때다. 우리로선 행복한 고민이었다.

기관이나 대학, 기업 연수원 등에서 강의 요청이 이어지던 어느 날 B에게 제안했다.

"앞으로 외부 강의를 B에게 일임하고 싶어요."

"아니, 왜요?"

"나는 경력이 20년이 넘는데 내가 나서서 강의를 하면 앞으로도 계속 나만 찾게 될 거예요. 나는 더 경력을 쌓을 이유도 없고 당분간 강의를 쉬어야 해요. B도 경험을 해봤으니 본격적으로 고객을 만나며 경력을 쌓아가는 게 좋지 않을까요? B는 곧 30대가 될 거고 가장 왕성하게 일할 나이가 찾아올 거예요. 지금까지의 5년은 연습이었다고 생각하는 것이 좋아요."

가만히 내 말을 듣던 B는 "네, 제가 해야겠네요."라고 대답했다.

매번 성실하고 재밌게 강의를 해온 B 덕에 재강의가 이어졌다. 많을 땐 주 2회 이상 진행하기도 했다. 유튜브 또한 소재 기획과 트렌드 파악, 촬영과 말하기, 모니터링 등을 할 수 있는 훌륭한 툴로 자리 잡았고 수익을 내기에 이르렀다.

대견하고 대단하다고 속으로 생각했다. B가 이미지 컨설턴트 수업을 받으며 처음 프레젠테이션할 때 모습을 생생하게 기억한다. 그녀는 나와 동업을 해오면서 어떤 마음이었을까? 내가 대표로 참석하는 미팅 자리에서도 B는 공동대표로서 전문성을 체화하기 위해 끊임없이 노력했다. 그는 브랜미라는 작은 회사를 이끄는 젊은 대표로서, 퍼스널컬러와 이미지메이킹 분야의 전문가 중 한 사람으로 당당하게 일하고 있다.

코로나 시대에도
브랜미는 순항 중

나에겐 한 가지 이력이 더 필요했다. SBS 방송국 시절에 PD로 같이 일했던 E 감독님이 제주대학 언론정보학과 교수님으로 계셨는데, 그의 소개로 제주 한라대 방송영상학과 교수님을 뵙고 면접을 진행했다. 그 결과 2019년 가을학기부터 제주한라대학교 방송영상학과 겸임교수를 맡게 되었다. 내 경력을 기반으로 1학년 '커뮤니케이션 개론'과 4학년 '창업의 이해'라는 과목을 가르쳤다.

2019년 가을학기에 내 강의를 들었던 어느 똘똘한 졸업반 학생이 겨울에 분당으로 나를 찾아왔다. 자기도 제주를 떠나 육지에서 이런 직업을 갖고 정착하고 싶다고 했다. 당시 브랜미는 아직 자격증 과정을 설립하지 못한

터라 다른 자격증 업체를 소개해주었다. 속이 좀 쓰렸다.

2020년 2월, 추위가 채 가시지 않은 늦겨울에 남자친구와 딸, 셋이서 함께 싱가포르로 여행을 갔다. 지긋지긋하리만치 겨울이 끝나지 않아서 더운 나라에 한번 다녀오자고 예약을 할 때만 해도 시커먼 마스크를 쓰고 비행기를 타게 될 줄은 몰랐다. 싱가포르에 다녀온 후 3월부터 제주한라대학교는 전면 온라인 강의를 실행했다. 코로나의 시대가 온 것이다.

시간이 갈수록 전 세계가 코로나 공포에 휩싸였다. 우리가 계약한 판교의 경기창조경제혁신센터 건물이 폐쇄되기에 이르렀다. 사무실이 없어진 것이다. 파트너와 나는 다시 각 지역의 대여 공간이나 스터디룸 등에서 퍼스널컬러 컨설팅을 진행했다. 예약이 조금씩 늘어나며 우리는 떠돌이 컨설팅을 멈추고 다시 임대 사무실을 알아보기 시작했다.

활동 반경 중 어느 지역에 사무실을 낼지 고민했다. 분당은 내가 2000년에 입성한 이후 20년을 살아온 제2의 고향이었다. 난 이 지역의 소소한 특성들을 잘 알고 있었다. 분당은 소비 수준이 높고 새로 개발된 판교까지 저변이 넓어져 있었다. 퍼스널컬러/이미지 컨설팅을 하는 업체는 브랜미 하나뿐이었으니 우린 나름 지역의 선두 주자였다. 건대입구는 대학가이지만 낙후된 지역이었고, 신촌과 송파는 너무 넓고 잘 몰라서 엄두가 안 났다. 강남권에는 이미 퍼스널컬러 업체들이 상당수 운영되고 있었다. 서현, 수내, 정자, 판교의 공유 오피스들을 비교해본 끝에 우린 분당 서현으로 결정했다.

본격적으로 컨설팅이 사업이 시작되었다. 지난겨울에 찾아왔던 제자가 나를 각성시킨 덕에 자격증 코스도 만들었다. 우리가 컨설팅하는 방법을 교육하는 것도 또 하나의 수익이 될 수 있었다. 그로써 브랜미 2호점, 3호점으로 프랜차이즈화할 수 있겠다는 상상도 했다. 5월에는 한국직업능력개발원에 '브랜미 이미지 컨설턴트' 민간자격증을 정식 자격증 코스로 등록했다. 제주에서 서울로 거처를 마련해 올라온 그 겨울의 제자는 브랜미에 고용된 첫 번째 컨설턴트 직원이 되었다.

브랜미는 코로나 사태 속에서도 2020년을 성장세로 마감했다. 개별적으로 소규모 상담으로 이루어지는 브랜미의 컨설팅은 코로나로 답답한 사람들에게 유익한 자기계발의 시간을 선사했고, 커플들에게는 재밌고 흥미로운 데이트 시간을 선물했다. 2021년 브랜미는 서현 공유 오피스 중 가장 큰 6인실로 사무실을 옮기고 세무사도 쓰게 되었다. 직원 1명과 컨설턴트 3명이 컨설팅을 진행할 정도로 예약이 많아졌다. 제주한라대학의 강의도 계속되었다. 코로나 덕분(?)에 주마다 가던 제주행 비행기표 값을 절약하며 나의 교수 생활은 순항했다.

악성 리뷰 댓글창에도
꽃은 핀다

2023년 봄이 되면서 코로나가 겨우 잦아들었다. 꽃이 피고 날씨가 따듯해지면서 그동안 집에만 있던 고객들이 야외 활동을 시작했다. 그와 함께 예약 고객이 급격하게 줄기 시작했다. 게다가 분당 지역에 퍼스널컬러를 진단하는 경쟁사가 6개로 늘어나 있었다. (지금은 헤어숍을 제외하고도 15개 이상의 업체가 경쟁하고 있다.) 코로나 시대에는 브랜미가 분당과 경기 남부권을 독주하고 있었는데, 시장성이 높아지고 일반인의 관심이 높아지자 코로나가 끝남과 동시에 우후죽순 경쟁사가 늘어난 것이다.

기존 시장에 진입하려는 신규 업체가 가장 처음 쓸 수 있는 카드는 무엇일까. 바로 가격이다. 경쟁사들은 10대

청소년을 타깃으로 저가 진단을 해주고 있었다. 창업 이후 매년 매출 성장을 해왔는데 여기서 꺾이다니. 2023년은 또 어떻게 보내야 할까? 창업 때처럼 고민해야 하는 상황이었다.

우리는 여러 차례 회의를 진행했다. 경쟁사 중에 예약율이 높은 업체를 분석하고 컨설팅 상품에 대한 라인업을 점검했다. 경쟁사들은 지난 몇 년 사이 브랜미 홈페이지와 컨설팅 내용에 대해 분석했을 것이다. 새로 생긴 경쟁사 6군데의 상품명이 모두 우리와 동일했고 홈페이지에 노출된 상세 설명도 거의 다를 게 없었다.

우리는 1위 업체로서 격이 다른 차별화 포인트를 가져가야 했다. 2019년부터 4년째 동일한 상품명에 세부 항목들을 유지하고 있으니 유사 업체들에게 노출된 건 어쩌면 당연했다. 홈페이지를 새로 만들까. 네이버에서 나와 예약 시스템을 독자적으로 꾸릴까. 근본적인 개편 아이디어도 좋지만 뒤를 바짝 쫓고 있는 2등 업체의 성장 요소부터 파악해야 했다. 우린 경쟁사를 분석하며 상품을 다양화해 좀 더 폭넓은 고객을 받아야 한다는 결론을 얻었다.

현재 브랜미는 컨설팅 상품 9개에 CEO 브랜딩 프로젝트 1개로 라인업되어 있다. 2023년만 해도 6개의 상품으로 고가 전략에 맞춘 터라 청소년을 위한 컨설팅은 없었고 기본 2인 이상부터 예약을 받았다. 네이버 플레이스에 노출된 기본 상품 가격이 10만 원대 이상이다 보니 일반인에게 부담스럽게 느껴질 수 있었다. 다양한 고객의 니즈를 반영하기 위해서 종합적인 이미지 컨설팅을 목표로 하되, 메이크업과 헤어, 1인 고객과 단체 고객을 분류해 세분화했다. 후발 주자들이 모두 따라해 다 똑같던 상품명은 보다 직관적이고 혁신적으로 바꾸어서 차별화했다. 머리가 팍팍 돌아갔다. 역시 나는 이런 분야에 탁월한 동력이 있었다.

상품은 기업의 핵심이다. 실제 고객이 체감하고 경험하기 전까지 어떻게 매력적으로 보일지 고민이 계속된다. 시시각각 변하는 온라인 노출도 계속 신경 쓰고 뷰티 분야의 트렌드와 신상품 정보도 놓치지 않고 반영해야 했다.

리뷰 관리도 마찬가지였다. 브랜미는 블로그 체험단을 5년 이상 유지하며 가장 최근까지 후기를 노출시켰다. 자발적인 리뷰도 지역 업체 중 가장 많고 평이 좋았다. 브랜미는 고객의 리뷰에 대댓글을 달지 않는다는 원칙을 고수했다. 2개 사업장에서 하루에 2~10건 이상 되는 컨설팅을 진행하면서 매 리뷰마다 진심어린 댓글을 다는 것은 불가능했다. 그에 대해 일희일비하는 것도 소모적이었다. 장기적인 관점에서 대댓글 금지 원칙을 B에게 설득해야 했다.

물론 불평불만도 있었다. 현재까지 사업을 진행해오면서 두 번의 부정적인 리뷰가 달렸다. 우리가 잘못한 부분에 대해서는 개인적으로 연락해 정중한 사과를 하고 리뷰를 정정해주길 부탁했다. 누가 봐도 고의적인 악성 리뷰에 대해서는 네이버 본사에 이의제기를 신청했다. 그러자 아래와 같은 답변이 왔다.

대상 게시물은 정통망법 제 44조의 2(정보의 삭제 요청 등)에 의해 게시중단(임시조치)일 30일 후 복원될 예정입니다. 복원 후에는 추가적인 게시중단 조치가 불가하며, 당사자 간 합의 또는 행정기관 심의판단이나 법원 판단을 통해 해결하실 수 있습니다.

덕분에 사업자를 보호해주는 장치도 있다는 것을 알게되었다. 이렇게 1달간 그 게시물이 보이지 않는 동안 새로운 리뷰가 올라왔다. 30일 후 악성 리뷰가 다시 노출되었지만 한참 뒤 페이지로 넘어간 후라 타격을 크게 입지 않았다.

찾아오는 고객을 100% 만족시킬 수 있는 서비스는 없을 것이다. 우리라고 왜 불만족 고객과 진상 고객이 없겠는가. 회사 다닐 때도 늘 듣던 말이 있다. '동료가 진상이라 이직을 했더니 이번엔 상사가 진상이더라. 직장을 때려치우고 사업을 했더니 이번엔 고객이 진상이더라.'

개인화와 개별화가 급속도로 진행되는 사회에서 그동안 적당히 만족하고 목소리를 크게 내지 않던 고객들도 완전히 달라졌다. 아니, 불만족 고객은 늘 있었지만 이제 그들이 강력하게 주장할 수 있는 '장'이 생겼다. 그들은 대놓고 싸우지 않는다. 온라인상에 나쁜 리뷰를 올리고 다신 그 매장에 가지 않는다.

어찌 보면 바람직한 변화다. 다만 사업자들의 서비스가 전문화되는 만큼 고객의 수준도 높아지길 바랄 뿐이다.

아찔했던 J커브

고객이 급감하는 경험은 지난날을 돌아보게 했다. 그동안 잘 만들어왔던 브랜드의 기준이 남을 향하는 순간 브랜딩은 실패한다. 브랜딩은 창업자의 정신과 연결되어 있다. 대표의 가치관과 일치하지 않고 외부의 흐름이나 다른 업체를 모방하며 헤매는 브랜드는 오래 살아남지 못한다.

　우리 두 대표는 브랜미를 동네 가게가 아닌, 확장 가능성을 띤 사업으로 설정했다. 쉽게 말하면 폼 나는 사업을 하자는 것이었다. 우린 메이크업과 헤어, 스타일링이 한 곳에서 종합적으로 이루어질 수 있는 사업장을 만들고자 했다. 그런 방향성을 다시 한 번 새기며 2023년 4월, 우리는 주식회사 브랜미로 법인화를 실행했다.

우여곡절이 많았다. 법인으로 바꾸는 것이 맞는지 둘 다 결론을 내리기 어려워했다. 세무사도 법무사도 그 부분은 대표들이 결정하는 거라고 몇 가지 예시를 알려줄 뿐이었다. 당장 세금 부담의 문제가 큰 것도 아니었기에 결정하기가 더욱 어려웠다.

B와 나는 결국 '성장성'에 주안을 두고 법인화에 합의 했다. 개인사업자로 매출이 안정되면 그저 조용히 안주할 것 같았다. 한 발짝이라도 계속 전진해야 하는 것이 사업 이다. 멈추는 것은 후퇴와 다를 바 없다. 순식간에 하락 곡 선을 타게 된다.

주식회사가 되자 창업할 때 수준으로 매출이 고꾸라졌 다. 같은 해 6~8월에는 매출이 1000만 원대에 머물렀고, 8월에는 사무실 바로 코앞인 AK플라자에서 묻지마 칼부 림 사건이 나는 바람에 일대에 찬 바람이 불었다. 게다가 직원 1명도 퇴사했다.

우리는 또 다른 결단을 해야 했다. 이렇게 앉아 있다가 는 고가 시장은 얼어붙고, 저가 시장은 경쟁사에 다 뺏겨 버릴 판이었다. 방어만 하기보다는 도리어 시장을 확장할 수 있는 공격적인 방향으로 생각을 전환하고 구 분당 지 역과 신분당선이 연결되는 신분당 판교 지역으로 사무실을 확장하기로 했다. 알아보니 판교역 주변은 임대료부터 후덜덜했다.

B와 나는 한번 결정한 후에는 뒤돌아보지 않고 진행하는 추진력이 비슷하다. 우리는 서현의 사무실 2개 중 1개를 정리하고, 판교역 2번 출구와 현대백화점 판교에 붙어 있는 공유 오피스에 임대를 얻었다. 임대료가 서현 사무실의 2.5배였다.

재편된 프로그램으로 영업을 시작했다. 가을이 오며 점차 예약이 늘어났지만 아직 회복은 멀기만 했다. 사업이라는 것이 노력한 만큼 꾸준하게 상승 곡선을 타면 좋겠지만 그렇지 않다. 대부분 계단식 성장을 한다고 말하는데, 정체기에 있을 때면 누구나 크고 작은 슬럼프에 빠진다. 어떤 사람은 개구리가 다음 점프를 준비하듯 뒷다리를 움츠리며 묵묵히 버티지만, 소규모 업체를 꾸려가는 자영업자는 대부분 일을 그만두거나 다른 곳으로 눈을 돌리게 된다. 그럴 때마다 브랜미는 더욱 공격적인 전술로 슬럼프를 탈출할 방법을 궁리했다.

직원 컨설턴트를 1명 더 채용해서 교육하고 트레이닝 시키는 데 열중하던 어느 날, SBS biz TV의 「고수열전」 프로그램에서 섭외 연락을 받았다. 방송 출연에 대한 의견을 묻자 B는 나에게 되물었다.

"그런 TV를 요즘에 누가 봐요?"

맞는 말이었다. 20대였던 B는 TV 출연에 회의적이었지만, 그래도 내 생각에 TV는 여전히 유효한 홍보 수단이었다. 브랜미는 도약이 필요한 시점이었고 시장 확장과 후발 업체들과의 차별화를 위해서도 커다란 한 계단을 올라서는 액션이 필요했다. 그리하여 11월 말 B가 출연한 「고수열전」이 방영되었다. 결과는 대성공이었다. 12월 브랜미는 판교, 서현을 통틀어 개업 이래 최고 매출을 찍었다. 2024년 1월에는 생방송에 직접 출연할 기회가 주어졌고 3월에는 《뉴스 리포트》라는 월간지에 대표 인터뷰와 사진이 게재되었다. 매출은 지난해 12월 J커브를 탄 이후 상승세를 이어갔다. 정체된 시장에서 고전적인 마케팅으로 승부를 본 결과였다. TV 출연과 월간지 인터뷰를 진행하면서 고객이 우리 브랜드를 인식하는 수준이 달라졌다는 것을 느꼈다.

마케팅에 투자한 비용은 매출로 고스란히 돌아왔다. 처음 B가 질문했던 것처럼 요즘엔 TV를 많이 보지 않지만, 우리 브랜드는 'TV 방송에 나온 곳'이라는 커리어가 생기면서 경쟁사보다 신뢰도가 높아졌다. 강의와 단체 컨설팅을 신청하는 기업도 늘어났다. 지역의 퍼스널컬러/이 미지 컨설팅 업체들은 대부분 1인 사업자로 규모가 작은 데, 우리는 공유 오피스의 이점으로 대회의실을 이용해 단체 컨설팅을 진행할 수 있었다. 최근에는 렉서스 자동 차의 대리점 전시장 4곳에서 2일간 출강 컨설팅을 진행했 다. 단 이틀의 출강으로 두 직원 컨설턴트의 급여에 해당 하는 매출을 거두었다.

혼자 생각해본다. 작년처럼 개인사업자를 유지했다면 어땠을까? 여전히 폼이 안 났겠지. 직원 컨설턴트를 고용 하지 않고 대표들이 계속 근근이 컨설팅을 진행했더라면 어땠을까? 힘들어서 내 일상이 엉망이 되었겠지. 판교 지 역으로 확장을 꾀하지 않았다면? 이런 기업 간의 대규모 출강도 성사되기 어려웠겠지. 그때그때 전술적으로 대응 하며 우린 나름 잘 나아갔다.

브랜미룩은 왜 실패했나

브랜미는 '퍼스널컬러/이미지 컨설팅'이라는 단일 상품 군을 판매한다. 한 가지 제품군으로 브랜드가 계속 돌아 가려면 방법은 2가지뿐이다. 내 제품을 구매할 수 있는 소 비자층을 계속 늘려가거나, 내 제품을 나 대신 팔아줄 유 통사를 늘리는 것이다. 둘 중 어느 것도 쉽지 않다.

우리는 첫 번째 방법을 주력으로 해왔다. 간간히 '발라 랩'이나 '솜씨당' 같은 앱 플랫폼에서 입점해달라는 요청 을 받아서 채널을 열었지만 큰 유입은 없었다.

컨설팅을 받은 고객이 다시 브랜미를 찾을 확률은 높 지 않다. 아무리 만족도가 높아도 퍼스널컬러를 다시 진 단하러 오는 사람은 많지 않을 테니 말이다. 내 아이템을 유지하면서 브랜드를 확장하려면 계속해서 새로운 고객층을 확보해야 했다. 재구매가 적다는 것은 우리의 큰 단점이었고, 이 점을 어떻게 극복할 수 있을지 다각적인 방법을 모색했다.

브랜미 컨설팅은 소모품도 아니고 사치품도 아니다. 그렇다고 필수품도 아니기 때문에 애매했다. 사업 3년차인 2021년에 딱 한 번 사업 아이템을 추가한 적이 있다. 여성복이었다. '브랜미룩'이라는 브랜드로 네이버 스마트스토어에 온라인 쇼핑몰을 열었다. 그러기까지 다시 시작해야 하는 일들이 너무도 많았다. 2020년 11월부터 다시 네이버 스마트스토어 운영에 대한 강의를 찾아 몇 주간 주말을 전부 할애해서 들었다. 12월 동짓달 한겨울엔 동대문, 남대문을 돌며, 밤 10시부터 하는 사업 실습을 위해 도매시장을 헤집고 다녔다. 새로운 로고를 만들고, 웹 쇼핑몰을 꾸미고, 옷들의 샘플을 구매하고, 상세 설명을 쓰고, 사진을 찍어서 올렸다. 할 일이 정말 산더미 같았지만 수익이 나기까지는 멀고 먼 과정일 뿐이었다.

이때 지쳐 나가떨어지면 안 된다. 그러려면 같이 의견을 나누고, 격려하고, 도움을 주고받을 수 있는 파트너가 반드시 필요하다. 당장 돈을 못 벌면서 강의비를 쓰고 샘

폴을 구매하고 모니터가 뚫어져라 컴퓨터 작업을 몇 날 며칠 주구장창 해야 한다고 생각해보자. 그것도 한두 달을 넘어서면 슬슬 의구심과 불안이 올라온다. 지금 이게 뭐하는 짓이지. 이게 과연 될까.

여기까지 오지 못하고 관두는 경우도 허다하지만 누군가와 책임을 나눠서 하면 분명 도움이 된다. '이상한마케팅'이라는 회사와 진행했던 미션도 이와 비슷한 케이스였다. 창업 컨설턴트라도 함께해야 이 지루하고 정신없는, 머릿속에 그리는 미래가 과연 올지 확신할 수 없는 여정을 꿋꿋이 걸어올 수 있다. 이 시기에 들어가는 비용은 전적으로 투자비용이며 사업의 근간을 이루는 마중물이다. 맨입으로 시작할 수 있는 일은 세상에 없다.

결과적으로 '브랜미룩'은 3개월 만에 문을 닫았다. 20~30대를 타깃으로 하는 온라인 의류 쇼핑몰은 이미 레드 오션이라 당장의 매출을 기대하진 않았지만, '퍼스널 컬러에 맞는 스타일링'이라는 콘셉트에 대해 시장의 반응은 말 그대로 무반응이었다. 사입을 할 때도 B가 원하는 것과 내가 원하는 게 달라서 매주 두 대표가 함께 움직여야 했다.

의류는 무엇보다 다양한 각도의 모델 착장 사진이 중요

하다. 스튜디오에서 며칠에 걸쳐 촬영을 하고 사진 보정과 선택 작업을 해야 한다. 그리고 옷마다의 특징적인 디자인과 종류별 사이즈, 원단 재질과 핏감 등에 대한 자세한 정보를 쇼핑몰 상세페이지에 올려야 한다. 상품 설명을 쓰고 업로드하는 과정도 예상보다 많은 시간이 소요된다. 네이버 스마트스토어의 경우 소비자와 커뮤니케이션할 수 있는 네이버 톡톡을 반드시 사용해야 했고, 구매가 이루어진 후에 상품 포장, 물품 준비, 배송장 정보 기입, 배송 상태 확인 등 입력할 것이 많다. 그 모든 걸 다 하고 나면 고객이 구매확정을 눌려주어야 매출금이 겨우 입금된다. 매출이 생기기까지 인풋이 과다하게 소요되며, 일정 수준의 수익을 달성하기까지 정말 많은 시간과 노력을 투여해야 한다.

그 일을 하다 보니 메인과 서브가 바뀌는 상황이 벌어졌다. 내 눈에 좋아 보여도 시장 안에서는 먹히지 않을 확률이 높다. 우린 우리의 전문성과 콘셉트에 기반해 상품군을 확장한 것이라고 여겼지만 시장에선 그게 아니었다. 컨설팅이라는 상담 분야와 의류라는 아이템을 파는 것은 전혀 다른 사업군이었다. 우리는 브랜미를 지키며 확장성을 고민해야 하는 자리로 다시 돌아왔다.

6년 동안 사업을 유지해오면서 크고 작은 실패를 경험했다. 앞으로도 그럴 것이다. 세계 최고의 사업가 일론 머스크도 매일 실패하며 고통 받는다는데 나라고 별 수 있겠는가. 그럼에도 불구하고 뭐라도 꿍꿍이를 세우고, '우두커니 있으면 뭐 해?'라는 생각을 떠올리며 나 자신을 다잡아야 한다. 인간은 목표를 이룰수록 더 높은 성취를 원하고, 목표는 점점 높아질 수밖에 없다. 다음 목표는 당연히 더 어려워지고 실패 확률이 높아진다. 이런 과정이 끝없는 반복되는 것처럼 느껴질 수도 있지만, 어느 시점에 돌아보면 3년 전, 5년 전보다는 풍요로워졌다는 것을 알 수 있을 것이다.

쫓기고 찌들고 궁상스러운 자신을 돌아보며 한숨짓던 젊은 날이 내게도 있었다. 지금도 그런 날들로 돌아가게 될까 두렵고 무섭다. 나이가 들수록 '꿍꿍이를 품고 가슴이 콩닥거리는 순간'을 조금씩 접어두게 될 것이다. 가능하면 찬찬히 나이가 들면 좋겠다.

내 몸 같지 않은 내 몸, 갱년기

컨설팅과 외부 강의가 점점 늘어났다. 사업을 하면서 시시때때로 문제가 생기곤 했지만, 브랜미는 동업의 이점과 20년이 넘는 마케팅 커뮤니케이션 업무 경험치, 각 대표의 전문성과 이 모든 것을 아우르는 통찰력으로 한발씩 내딛어가고 있었다.

내가 사업을 하는 궁극적인 이유는 역시나 경제적 자유를 얻기 위함이다. 대부분의 사람이 자유를 얻지 못하는 이유 중 하나는 선택과 의사결정을 혼자서 주관적으로 하기 때문이다. 뇌가 시키는 본능적 지시의 결과를 아무 의심 없이 반복해서 따르게 되는 것이다. 판단력이란 객관적이지 못한 것이다.

그런 측면에서 메타인지에 대한 호기심이 생겼다. 메타인지 개념에는 '자신의 능력을 아는 능력'이 포함되어 있다. 이는 영어 단어를 암기하거나 운동을 하거나 어떤 기술을 배우는 능력과는 다르다. 자신을 객관적으로 바라보며 내부에 각인된 유전자나 뇌의 본능적인 반응을 재해석할 수 있는 능력이다. 이를 통해 시행착오 과정 전체를 분석할 수 있는 능력이다. 정리하자면, 종합적이고 객관적인 통찰력을 말한다. 메타인지는 '내가 어떤 것을 아는지 모르는지'를 아는 자기객관화 능력이다.

자신을 객관적으로 보게 되면 사업에서 가장 중요한 의사 결정력이 높아질 수 있다. 부족한 부분을 한 발 떨어져서 볼 수 있기 때문에 보완하기도 용이하다. 브랜미는 동업이라는 형태와 메타인지적 사고로 조금씩 의사 결정력을 높이고 성장해왔다.

그렇다 해도 내 현실은 갱년기였다. 쉰을 넘어서자 얼굴에서 계속 땀이 흘렀다. 코로나 시대엔 마스크를 쓰고 컨설팅을 했는데, 하는 동안 얼굴이 땀으로 범벅이 되었다. 화장이 엉망이 되도록 땀을 줄줄이 흘리고 있으니 고객들이 미안해할 정도였다. 출강을 나가도 마찬가지였다. 왜 나는지도 알 수 없는 땀이 겨울이건 여름이건 시도 때도 없이 흘렀다. 이마, 얼굴, 목덜미 할 것 없이 모든 곳에서 흘렀다. 손수건을 항시 지참했지만 번잡하고 추접스러웠다.

수면 중에는 잠옷 상의가 다 젖어서 오밤중에 깼다. 자다가 벌떡 일어나서 씻고 윗옷을 갈아입고 잤다. 금방 다시 잠이 들면 괜찮은데 어느 날부터는 그렇게 깨버리면 좀처럼 잠이 들지 않았다. 그러다 아예 잠들 수 없는 밤이 찾아왔다. 몸도 안 좋고 눈도 시큰거리는데 정신은 말똥말똥했다. 눈이 떠지지도 않을 만큼 피곤한데 잠이 들지 않으니 미치고 팔짝 뛸 노릇이었다. 술이라도 잔뜩 마시고 퍅 기절하고 싶었다. 불면증이었다.

의사는 술을 마시고 잠드는 것보다 수면에 필요한 약의 도움을 받는 것이 훨씬 낫다고 말했다. 그간 우울증으로 정기 방문하던 병원에서 갱년기로 인한 불면증이라는 진단을 받으며 추가로 약을 처방받았다. 의사는 신경계의 항진 작용이 줄지 않아서 몸의 각성 상태가 계속되고, 밤이 되어도 전혀 이완되지 않으니 수면으로 들어가기 어렵다고 했다.

50년간 살아남기 위해 긴장을 늦추지 못했던 내 몸은 호르몬 변화를 맞으며 고장 나버렸다. 2~3일간 잠을 못

자면 컨설팅은커녕 일상을 유지하기도 힘들었다. 그 와중에도 얼굴에선 계속 땀이 나고 몸에 오한이 들었다.

　도대체 내 몸이 왜 이러는 건지 알고 싶었다. 단지 50살이 넘었기 때문이라는 말에 수긍할 수 없었다. 갱년기에 대한 책들을 샅샅이 읽어보았지만 그 소리가 그 소리였다. 원인은 다 똑같았다. 모든 게 그놈의 여성 호르몬 부족 때문이었다. 폐경과 에스트로겐, 프로게스테론의 불균형으로 이 모든 일이 일어나고 있단 말인가? 그래서, 없어진 여성 호르몬을 어쩌라고! 부아가 치밀었다. 갱년기 이후 30~40년을 더 사는 여성의 몸에 대한 연구가 고작 이것뿐이라니. '마음을 편하게 먹고 자신을 받아들이고 운동을 열심히 하세요.' 그럴 수 없으니까 병원을 갔던 것인데 말이다.

　소화 및 배변 장애, 오십견 어깨 통증, 땀과 불면증 등 '내 몸이 내 몸 같지 않은' 느낌으로 매일이 괴로웠다. 신기한 것은 그렇게 괴로운 상태에서도 몸무게가 느는 것이었다. 딸아이를 갖고 만삭일 때에도 나는 몸이 무거워 버티기가 힘들었는데 그 몸무게를 훌쩍 넘어버렸다. 본격적으로 한의사를 찾아다니고 가정의학과, 안과, 갑상선과, 소화기내과, 부인과, 정신건강의학과를 순회했다.

약을 먹고 주사를 맞아도 딱히 나아지지 않았다. 그나마 불면증 약은 효과가 있어서 고객 컨설팅을 이어갈 수 있었다. 사업 파트너인 B에게 폐를 끼칠까 봐 고민하다 외부 강의를 줄이기로 했다. 그때까지 기업의 대표성을 맡던 내 역할을 내려놓을 때란 생각이 들었다. 숨이 차고 땀이 너무 많이 나서 강연장에서도 위축되고 나이 드는 것이 두려웠다.

몸 상태가 최악일 때 동영상 강의도 찍게 되었다. 온라인 시장이 확대되며 브랜미도 '에어클래스'라는 온라인 교육 플랫폼 사이트에 강의 영상을 업로드하게 되었다. 영상이 많이 팔리지 않은 것이 다행이라고 해야 할까. 사이트 선택도 미스였지만 힘든 와중에 빨리 해치우자는 생각으로 찍은 강의는 나조차도 다신 보고 싶지 않은 동영상이 되어버렸다.

4년 동안 갱년기와 싸우며 매일 약을 손바닥 하나 가득씩 먹었다. 몸과 마음에게 '제발 이러지 마.' 하고 사정했다. 50대 중반이 되니 그간의 노력 때문인지 혹은 익숙해져서인지, 증상들은 50% 정도 호전되었다.

몸이 망가지면 일상을 유지할 수 없고, 일상이 망가지면 새로운 도전은커녕 하던 것도 다 때려치우고만 싶어진다. 그간 몰입해온 것들이 물거품이 된다. 그날을 살아내기도 어려운데 어떻게 변화를 꿈꾸고 도전할 수 있을까. 너무나 불편하고 괴롭지만 참아야 하는 중장년 여성의 몸과 영문을 알 수 없는 마음 상태. 이에 대한 연구가 조금 더 활발히 이루어지면 좋겠다.

법인 1년차,
카드 한도 100만 원

회사를 '법인'이라는 인격체로 바꾸고 브랜미는 다시금 신생 회사가 되었다. 이제 갓 1년이 지난 법인은 여러모로 어려움이 많았다. 2023년 법인통장을 개설하러 은행에 갔는데 6가지 서류를 내고도 그날 처리되지 못하고 세 번이나 은행엘 더 가야 했다. 그러고서 주식회사 브랜미의 법인통장과 법인카드를 받았다. 카드 한도는 달랑 100만 원이었다. 오랜 직장 생활로 신용도를 쌓아온 나는 1000만 원이 넘는 한도의 개인 신용카드가 여러 장이었다. 한도가 왜 이렇게 낮냐고 묻자 은행에서는 아직 매출이 없는 신규 법인에 높은 한도를 줄 수 없다고 했다. 그렇구나……. 나는 6년째 같은 일을 해오고 있지만 주식

회사 브랜미는 경제 활동 이력이 전무한 아기에 불과했던 것이다.

이즈미 마사토가 쓴 『부자의 그릇』에 이런 구절이 나온다.

사람에게는 각자 자신이 다룰 수 있는 돈의 크기가 있거든. 그 돈의 크기를 초과하는 돈이 들어오면 마치 한 푼도 없을 때처럼 여유가 없어지고 정상적인 판단을 내리지 못하게 되지.

어느 날 로또에 당첨되는 행운이 와서 큰돈을 갖게 된 사람이 얼마 지나지 않아 오히려 빚쟁이에게 쫓기는 신세가 되었다는 이야기를 들어봤을 것이다. 그는 큰돈을 전혀 다뤄보지 못한 사람이었을 것이다. 사주 명리학에서도 '재성'은 단순히 재물을 의미하는 것이 아니라 내가 주무를 수 있는 힘으로 본다. 사주 여덟 글자에 재성이 너무 많으면 사주 전체의 힘의 강도를 잘 따져봐야 한다. 신생 주식회사 브랜미가 주무를 수 있는 힘의 크기를 '100만 원' 정도라고 보는 것은 어찌 보면 당연한 이치가 아닐까.

개인사업 초기에 직원을 고용하자고 말했을 때 B가 그럼 우리는 뭘 하느냐고 되물었다. 난 힘주어서 말했었다.

"내가 100을 하고 B대표가 100을 해서 현재 브랜미가 200을 할 수 있는 거라면, 그 200의 일부를 직원이 대신하는 것이 아니에요. 직원이 들어옴으로써 50이 늘어나서 250이 되는 거예요."

난 무슨 자신감으로 그렇게 말했을까. B가 내 말을 어떻게 받아들였는지는 몰라도 『부자의 그릇』에 나오는 '인생은 한정적이고 행운은 자주 오지 않으므로 한정된 기회를 자기 것으로 만들려면 배트를 많이 휘둘러야 한다.'라는 말에 나는 전적으로 동감한다.

요즘엔 1인 법인도 많지만, 혼자서 고군분투한다는 것은 그냥 어려운 정도가 아니라 독방에 갇힌 느낌이 아닐까 추측해본다. 인생은 누군가의 베풂과 나눔을 받는 것으로 시작해 타인과 의사소통하며 틀을 깨고 성장해 나아가는 것이다. 혼자서 새로운 도전을 하는 게 어렵다면 열린 마음으로 다른 사람과 함께할 통로를 만드는 편이 훨씬 낫다.

사람됨의 그릇, 경제적인 그릇, 언사의 품격을 높이는 그릇을 넓히는 방법은 무엇일까. 혹자는 '수양'이라고 하지만 나는 추상적인 단어를 별로 좋아하지 않는다. 다만 내가 겪고 깨달은 방법 중 하나는 '홍보는 짓을 따라하지 않는 것'이다. 그럼 조금은 다른 사람이 될 수 있다. 보고 자란 것은 그 모습을 싫어했다 하더라도 다른 인풋이 없기 때문에 자기 안에 스며들게 된다. '욕하며 닮는다.'라는 말은 괜히 있는 말이 아니다.

'대체 어떻게 하란 말인가?'라고 질문하던 어린 날, 나에게도 멘토나 코치가 있었다면 좋았을 것 같다. 내가 할 수 있는 건 책을 보는 것뿐이었다. 지금은 라이프 코치도 있고 분야별 상담가도 즐비하다.

30대 초반에 어느 강사를 찾아가 만난 적이 있다. 왜 만났는지 잘 기억이 나지 않지만 실망스러웠다는 건 기억한다. 어른이 되어도 스스로를 성숙하고 완숙하게 만드는 방법을 알지 못하는 사람을 숱하게 만났다. 자신을 위한 코치나 전문가를 곁에 두면 더 근사한 사람이 될 수 있다. 멋지고 품격 있는 모습으로 나이 들기 위해, 끊임없이 변화하며 나아가기 위해 우린 전문가를 찾는다. 나 또한 닮고 싶은 어른 여성이 되기 위해 매 순간 자신에게 물어보고 되짚어보며 성찰하고자 노력하고 있다.

물레 위의 도자기 빚듯

사람이라는 개체가 자라나며 그 마음 속에 구성 요소로 중요하게 차지하게 되는 것은 무엇일까? 어떻게 자라면 자신다운 확고함을 가지고 자기만의 컬러와 이미지를 구축하며 성장하고 성숙할 수 있을까? 나와 연결된 채 세상에 태어난 딸을 양육하며 나는 많은 고민을 했다. 아이에게 "네 모습이 어떻게 비주얼라이즈Visualize되는지 떠올려봐."라는 말을 자주 했다.

친구든 상사든 부모든 지도자든, 상대를 대하는 가장 중요한 덕목은 일관성이다. 일관성에서 이미지가 도출되기도 한다. 변덕스러운 사람은 주변인과 그를 따르는 사람들을 당황시킨다. 모든 것은 시시각각 변하지만 그에 대처하는 사람의 태도는 예상 가능한 선에서 일관성이 있어야 한다. 특히 어른, 부모, 리더는 더욱 그렇다. 아이가 자랄 때도 마찬가지다. 거짓말이나 위험한 일을 하는 것에 대해서는 엄격하고 냉정한 훈육이 필요하다. 어떤 경우엔 적당히 넘어가고 어느 경우엔 불같이 화를 낸다면 아이는 혼란스러워한다.

나는 이것을 정말 중요하게 여겼다. 변덕스럽고 감정적인 어른을 숱하게 보고 자랐고, 방송을 할 때도, 회사생활을 할 때도 협업하는 사람을 불편하고 어렵게 하는 변덕쟁이를 많이 봤다. 그런 상황을 마주하면 내 마음은 볼펜 용수철처럼 매번 튕겨 올라왔다. '저번에는 분명히 좋다고 했으면서 이번엔 왜 혼내는 거야? 나는 똑같이 했는데!' 혼나는 것이 너무 싫었던 내가 말대답이라도 하면 꾸중이 날아왔다. 난 그 경험을 반면교사 삼아 딸을 교육했다.

딸과 대화할 때 나의 말투는 상냥하고 부드럽기보다는 엄격하고 권위적이었을 것이다. 나 스스로에게도 그렇고 가까운 사람에게도 내 말투는 그닥 친절하지 않다. 스트레스 없이 편안한 상태라면 모르겠지만 그런 상황이 내게는 별로 없었다.

한번은 딸이 초등학교 5학년 때 찍은 비디오를 보다가 나를 홱 돌아보며 말했다.

"엄마, 저 때는 나한테 상냥했네?"

방송할 때, 기자들을 만나고 접대를 할 때, 마케팅 행사를 주도할 때 나는 언제나 초긴장 상태였다. 완벽한 가면을 쓰고 활짝 웃으며 친절하고 명확하고 깔끔한 언어를 구사했다. 집에 돌아오면 기진맥진해서 웃음도 상냥함도 잘 나오지 않았다. 그게 고스란히 딸에게 갔을 것이다. "엄마 힘들어. 나중에⋯⋯."라고 얘기하는 것이 나의 최선이었다. 딸아이는 어릴 적 기억에 '엄마 힘들어'가 제일 많다고 했다. 따뜻한 사랑과 끈끈한 유대 관계가 부족했다.

어릴 적 딸은 이혼한 엄마와 아빠 사이를 오가며 힘든 시간을 보냈을 것이다. 주말에 아빠를 만나고 와서는 잠자리에서 아빠가 보고 싶다고 우는 딸아이에게 나는 아무렇지도 않게 "여섯 밤만 자면 만날 건데, 뭐."라고 대꾸했다. 어떨 땐 "아빠가 먼 데서 일하느라 주말에만 오는 친구들도 있어."라고 얘기해주면서도 속이 부글부글 끓었다. 어쩌겠는가. 어른들의 문제인 것을. 헤어진 남편과의 감정적 문제를 딸아이에게 전이시키지 않아야 한다는 것을 알게 된 것도 여성학을 배운 덕분이었다. 모든 페미니스트가 이혼할지언정 그녀들의 자식까지 불행해야 할 이유는 없었다.

어린 딸아이는 가끔 "엄마는 아빠랑 결혼했는데 왜 같이 안 살아?"하고 물었다. 나는 친구처럼 설명해주었다.

"너는 학교 같은 반에 싫어하는 남자애 없어?"

없을 리가 만무했다. 누구는 싫고 누구는 괴롭히고 어쩌고저쩌고하며 조잘거렸다.

"그중에 1명이랑 짝꿍 하라고 하면 어떻겠어?"

딸아이는 잠시 가만히 생각하더니 소리를 빽 질렀다.

"싫어!"

딸은 엄마를 이해할 수 있을까. 모르긴 해도 나는 이 명제가 참이 되기 위해 최선을 다했다. 부모에 대한 이해가 쌓이지 않으면 타인에 대한 신뢰가 쌓일 수 없고 스스로에 대한 확신도 가질 수 없다. 그렇게 성인이 된 사람의 내면은 모래성처럼 약하다.

어릴 때 봤던 영화 「사랑과 영혼」에서 두 주인공은 부드러운 흙을 얹은 물레를 발로 빙빙 돌리며 가만히 관찰하고 두 손으로 그릇의 모양을 만든다. 잠시 한눈을 팔거나 손가락 하나가 틀어지기라도 하면 여지없이 그릇이 허물어진다. 그럼 또 다시 만져서 모양을 잡는 노력을 해야 한다. 나는 매 순간 그렇게 딸을 키웠던 것 같다.

유학 생활 10년 동안 엄마와 떨어져 있던 딸은 사회 구성원으로서 나름 독립성과 자신감을 갖춘 듯하다. 딸과 내가 번갈아가며 뉴질랜드와 한국을 오간 비행기값만 해도 집 한 채는 샀겠다는 돈타령이 어김없이 나오지만, 유학이란 전략과 도자기 물레질하듯 딸을 세심하게 살피고 빚어주려 했던 노력은 나름 유효했던 것 같다.

전략가로
동반 성장하는 두 여자

스터디룸을 전전하며 시작한 컨설팅 사업은 서현동 공유 오피스에 자리를 잡았다. 난 새 직원을 채용하자고 제안 했다. B가 반문했다.

"그럼 우리는 뭐 해요?"

난 직원을 1명 쓰면서 주말에 이중 예약을 잡아 확장 하는 방안을 모색했다. 컨설팅은 한정된 공간과 한정된 시간 내에서 할 수 있는 일이기 때문에 매출을 확장하려 면 공간과 인력을 보충해야 했다. 주중에는 직원이 컨설 팅을 하고 대표 둘은 온라인 이벤트를 구상하는 등 마케 팅 업무를 진행했다. 주말에는 사무실과 회의실을 사용하 며 이중 예약을 받아서 시험 삼아 더블 컨설팅을 시작해

보았다. 공유 오피스 특성상 주말에 회의실을 쓰는 사람이 거의 없기에 가능한 일이었다. 그렇게 3개월 정도 반보 내딛어본 후 충분히 더 많은 고객을 수용할 수 있다는 확신을 가지고 옆 사무실을 하나 더 얻었다. 공간이 두 배로 늘었다.

지속적으로 매출을 확대하고 성장을 담보할 수 있는 활동을 찾았다. B는 대면으로 진행해야 하는 컨설팅을 온라인 콘텐츠로 만들어보자고 제안했다. 온라인은 여전히 이해하기 어려운 부분이 많았다. 분석적으로 접근했던 TV나 잡지, 신문 등의 매체 광고와도 메커니즘이 달랐다. 네이버는 일정한 틀이 있어서 이용자가 모두 그 틀에 맞춰야 하는 시스템이었다.

내가 이것을 제대로 알고 줄줄이 꿰고 있다는 느낌이 전혀 들지 않았다. 제대로 알지 못한다는 것은 하나도 모르는 것과 같았다.

두 개의 사무실 중 한쪽은 직원이, 다른 한쪽은 대표들이 격일제로 컨설팅을 하니 온라인 분야 업무를 할 수 있는 시간이 줄어들고 속도감도 떨어졌다. 더구나 나는 50대 초반에 들어서면서 체력이 떨어지고 갱년기 증상이 와서 컨설팅을 하루에 여러 개 하는 것이 힘들었다. 하루에도 이 병원 저 병원을 순회하는 날이 늘어났다. 일하는 시간을 줄여야 한다는 것을 본능적으로 느꼈다. 그런 와중에도 고객은 뚜렷이 증가세를 보였다. 컨설팅의 온라인 콘텐츠화를 추진하는 데에도, 늘어나는 고객을 위해서도 또 1명의 직원이 필요했다. B는 컨설팅을 덜하는데도 이렇게 할 일이 많을 줄 몰랐다고 말했다.

사무실 2개에 2명의 컨설턴트를 데리고 B와 나는 전자책 출판과 브랜미 아카데미 사이트 오픈을 해냈다. 어쨌거나 우리 브랜미는 조금씩 앞으로 나아가고 있었다. 전자책은 콘텐츠를 완성하기까지 6개월 정도 소요되었다. 2022년 여름 내내 구글폼, 캔바, 카자비, 쇼피파이, 액티브 캠페인 등 새로 배우고 사용한 온라인 플랫폼과 툴이 대여섯 가지가 넘었다. 정말 머리 아프고 복잡한 일들이었고 몇백 번의 클릭이 필요했는지 모른다. 나는 끈기가 없어서 오랫동안 엉덩이 붙이고 앉아 파고드는 일을 잘 못했다. 반면 B는 노트북과 씨름하며 방법을 알아내고 그림을 완성해냈다. 그럴 때마다 젊은 MZ를 사업 파트너로 선택하길 정말 잘했다는 안도감이 들었다.

전자책과 브랜미 아카데미 사이트는 크게 성공하지 못했다. 그러나 2022년도에 머리를 맞대고 도전했던 열정적인 시도들은 우리로 하여금 사업가다운 면모를 갖추게 해주었다. 이미지 컨설턴트는 한마디로 전략가이다. 전체적인 이미지 방향을 잡고 헤어, 뷰티, 패션 등 각 부문에 세세히 적용해나가는 실행 전략과 전술을 짜낼 수 있어야 한다. 우리의 사업도 그랬다. 오프라인에서 20년 이상 지식과 경험을 쌓아온 기획자와, 비주얼과 키워드에 민감한 온라인 세대가 만나 통찰력과 현실성을 담아내는 동반 전략가가 되어갔다. 브랜미의 인지도는 점차 확장되었고, 젊은 정치인의 이미지 메이킹을 맡아서 할 정도로 위상도 높아졌다. 브랜미의 두 여성 대표는 좌충우돌하며 계속해서 전략가로 성장해 나아가고 있다.

좋은 사업 파트너의 조건

일을 하다 보면 정말 오늘은 아무것도 못 하겠다 싶은 날이 있다. 회사에 다닐 때는 아프면 월차나 연차를 쓸 수 있었다. 그러나 혼자 사업을 하는 자영업자라면 어떻게 해야 할까? 사무실을 하루 닫아야 할까? 그래도 꾹 참고 나가야 할까?

고객은 무섭게 알아챈다. 더구나 내가 진행하는 컨설팅과 같은 대면 업종은 짧은 만남에서 전문성을 보여주고 라포까지 형성해야 한다. 사업 자체가 약속이라는 사실을 엄중하게 인식하지 않고 맘대로 영업장을 열었다 닫았다 하면 고객은 바로 등을 돌린다. 그래서 휴일도 정확히 정해놓고 쉬어야 한다.

동업을 하면 대처가 한결 쉬워진다. 파트너가 있기 때문이다. 한 사람이 도저히 일할 수 없는 날엔 다른 사람이 빈자리를 채울 수 있다. '성실'이란 죽어도 사무실에 나와서 죽는 것이 아니라 일관되게 사업을 유지하는 것이다.

처음 만났을 때 파트너 B는 대학 졸업반의 새내기 사회인이었다. 이미지 컨설턴트가 아닌 다른 직업은 떠올려보지 않았다며 남다른 열정을 품고 있었다. '남자는 셋만 모이면 조직을 만들고 여자는 셋만 모이면 그릇이 깨진다.'라는 말이 있는데 난 이 말에 깔려 있는 고정관념이 참 불쾌했다. 여성에게는 동지애와 자매애가 있다. 같은 여성이 힘들고 괴로워할 때 우리는 아무런 대가 없이 도와준다. 내 아이 기르며 옆집 아이도 함께 봐주고, 혼자 시장에서 장보다가 옆집 엄마가 얘기한 식재료가 세일이라도 하면 사다가 그 집 문고리에 걸어주고 온다.

고객에게 이런 호혜를 베풀라고 많은 온라인 강의에서 가르친다. 하지만 여성은 배우지 않아도 안다. 여성에겐 나누고 베풀려 하는 타고난 특질이 있다. 파트너와도 이런 동지애가 있어야 한다. 내가 조금 더 하고, 내가 조금 더 손해본다는 마음가짐을 가져야 한다.

나는 어떤 생각으로 사업을 시작했던가.

동업을 하기로 마음먹었을 때에도 난 모든 일을 내가 해야 할 일이라고 여겼다. 어차피 내 사업이고, 파트너가 없다면 고스란히 내 몫인 일들 아닌가. 조금이라도 나누어서 할 수 있으니 다행이라 생각했다. 물론 사업을 바라보는 시각이나 방향이 서로 달라 충돌할 우려도 있다. 그래서 사업을 위해 헌신한다는 믿음이 서로 생길 때까지는 일한 만큼 이익을 가져가는 체제로 운영해보는 것도 좋다. 이 기간 동안 오랫동안 사업을 같이할 수 있는 사람인지 아닌지 서로를 판단할 수 있다. 6개월, 1년을 해도 영 아니라면 그때라도 갈라서야 한다.

사업 파트너는 성격이 잘 맞는 사람이 아니라 비전이 같은 사람이어야 한다. 내 경우 이 브랜딩 사업에 동의하는 사람, 같이 브랜드를 키우면서 사업체를 성장시키려는 뜻이 같은 사람이 필요했다. 몇 년 버티다가 안 되면 말지 생각할 수도 있지만 내겐 이 장사를 오래 유지하는 것이 중요했다. B는 그런 점에서 나와 지향점이 같았다.

브랜미를 혼자서 했다면 사업자 등록을 하기까지 얼마나 시간이 걸렸을지 모른다. 혹은 아무런 준비 없이 덜컥 사업자 등록부터 해버렸을지도 모른다. 나는 3년 넘게 대학에서 졸업반을 대상으로 '창업의 이해'라는 과목을 강의해왔다. 이론적으로 잘 정리된 강의 자료가 많았지만 강의는 강의일 뿐 실전은 험난하다. 브랜미의 창업을 위해서는 이름도 같이 고민하고, 여러 디자인 시안을 보면서 이게 맞을까 저게 맞을까 의견을 나눌 사람이 있어야 했다. 자잘한 것부터 큰 것까지 무엇 하나 정답은 없었다. 시간이 오래 걸려도 많은 것을 검토하고 의논해야 했다. 혼자서는 확신이 안 생겼다. 많은 경우 별 고민도 없이 이러다가 그냥 자기 이름으로 사업체 이름을 정하고 오픈해버린다. 허나 초기 네이밍과 브랜딩을 잘못하면 장기적으로 기업의 성장을 저해하는 위험 요소가 될 수 있다. 나는 너무 잘 아는 게 도리어 문제였다.

B는 서양화를 전공한 미술학도다. 대학을 졸업하자마자 창업의 길로 들어선 용기 있는 젊은 여성이다. 그는 비주얼에 강하고 나는 기획자로서 언어에 강했다. 그리고 우리는 25년의 나이차가 있었다.

"그렇게 어린 애랑 동업을 한다고?"

주위 사람 반응이 대부분 이랬다. 하지만 그건 내가 어떻게 받아들이느냐의 문제였다. 같이하면 안 될 이유가 생각나지 않았다. 나도 저 나이에 용감하게 전라도 광주까지 새로운 길을 떠나지 않았던가. 뭔가 무시무시한 존

재인 것처럼 'MZ가 온다!'라는 카피가 유행하지만, 나도 한때는 이전 세대가 무서워하던 오렌지족 세대였다. 뭐 어떤가. 게다가 나에겐 같은 또래의 딸이 있다. '내가 좀 더 한다'는 마음을 지킬 정도만 된다면 문제될 게 없었다. 그렇게 우리의 동업은 첫발을 떼었다.

어렵다고 손 놓을 수 없는 온라인

2019년 초 국제 이미지 컨설턴트 자격증을 획득했지만 그것만으로 사람들이 나를 찾아줄 리가 없었다. B와 퍼스널컬러 전문가 과정을 추가로 수강하고 사업화 과정 강의까지 듣느라 한두 달이 더 소요되었다. B에게 동업을 본격적으로 제안한 것은 4월이 다 되어서였다.

사업 초기부터 자본을 많이 투입해가며 일을 벌이기엔 부담스럽고 걱정이 앞섰다. '한다'는 결심은 확고했지만 시장의 반응을 보면서 진행하는 것이 적절하다고 생각했다. 퍼스널컬러/이미지 컨설턴트로 당장 활동하려면 컬러 교구 몇 가지와 140장의 진단 천 그리고 각종 메이크업 제품이 필요했다. 컨설팅은 나의 지식과 상담 서비스를 파는 직업이므로 재고가 남을 것이 없었다. 교구와 메이크업 용품 외엔 목돈이 더 들지 않는다는 것도 장점이었다. 게다가 나와 B는 둘 다 차도 있었다.

파트너와 함께 각자 노트북을 들고 교구와 화장품들을 여행용 캐리어에 담아서 판교에 위치한 경기창조경제혁신센터 9층 코워킹스페이스로 출근했다. 이곳은 오피스 사용이 무료였고 4000원짜리 식권을 사서 10층 구내식당에 가면 가성비 높은 점심을 먹을 수도 있었다. B와 함께 그날그날 오픈된 자리에 앉아가며 브랜드 네임을 정하고 브랜드 아이덴티티 디자인을 만들었다. 이름은 '브랜미'로 정했고, 무료로 사용할 수 있는 이미지 플랫폼 캔바 CANBA를 활용해 상표를 디자인했다. 브랜미가 온라인에서 사용할 도메인을 찾고 유사하게 쓰일 수 있는 도메인 몇 개도 함께 구매했다.

그리고 개인사업자 등록을 했다. 드디어 B와 함께 회사를 만든 것이다. 2019년 4월에 공동대표를 제안하고서 3개월이 지난 7월, 브랜미는 정식으로 사업을 시작했다.

초기에 가장 신경 쓰이는 것은 하나다. 우릴 어떻게 알릴 것인가. 일차적인 답은 역시 네이버였다. 네이버에는 헤어숍, 네일숍, 음식점 등 예약을 받는 '스마트플레이스'

라는 사업자 시스템이 있다. 우리가 많이 검색하는 네이버 플레이스가 그것이다. 예약을 받으려면 여러 가지 입점 서류가 필요했다. 그중 하나가 사무실 임대차계약서였다.

판교 오피스에서 '판교경기문화창조허브 가상오피스 지원'이라는 포스터를 보았다. 무료로 임대차 계약서를 쓰고 우편함과 사물함도 공급해주는 성남시 지원사업이었다. 한눈에 '저거다!' 느낌이 왔다. 우린 16장에 해당하는 신청서를 쓰고, 그동안 우리끼리 말로만 떠들던 이야기를 7장의 사업계획서로 빼곡하게 작성해 제출했다. 결과는 낙점. 그리하여 사무실 임대차 계약서가 생겼다. 네이버 예약을 받을 수 있는 서류상 사무실이 생긴 것이다.

컨설팅 초기에는 취미 여가 플랫폼 사이트인 프립, 탈잉, 온오프믹스, 크몽 등 4곳에서 퍼스널컬러 진단 컨설팅 프로그램 예약을 받았다. 지역은 분당, 강남, 건대 입구, 잠실, 4곳으로 설정했으나 예약이 없는 날이 대부분이었다. 우린 다시금 네이버 모두modoo 서비스를 이용해 브랜미의 홈페이지를 만들었다. 이때 예전 직장 동료였던 M이 많은 조언을 해주었다. 사실 판교의 무료 오픈 사무실도 그가 소개해주었는데, 온라인 분야의 숨은 고수쯤 되는 사람이었다.

나는 주로 글을 쓰고 미술을 전공한 B는 이미지를 이용해 웹페이지를 만들었다. 나의 눈은 백내장에 노안까지 온 상태여서 네이버 홈페이지 규격의 깨알 같은 글씨를 보기 힘들었다. 작업을 나누어서 진행해봤지만 내 작업 속도는 B에 비해 엄청 느렸다. 한 페이지 완성해 업로드해서 보면 정말 형편없었다. 웹페이지는 정말 손이 많이 가고 까다로운 작업이었다.

워드 문서에 브랜미 소개글과 상품 소개글을 쓰고 우리가 진행하는 강의나 컨설팅에 관한 설명을 썼다. 내용과 찰떡같이 어울리면서 근사하고 눈길을 끌 수 있는 '브랜미다운' 이미지들을 찾았다.

그리하여 네이버 홈페이지가 완성되었다. www.branme.kr 이라는 도메인을 네이버 모두의 자사 홈페이지와 연결했다. 그리고 예약을 받기 시작했다. 다른 취미 여가 플랫폼 사이트들은 네이버와 비교가 안 되었다. 예약 추이는 점점 네이버로 기울었고, 1년도 안 되어 우린 다른 곳을 모두 정리하고 네이버에서만 예약을 받게 되었다.

온라인 마케팅을 위해 네이버 블로그에도 많은 시간을 투자했다. 신규 시장이었던 퍼스널컬러/이미지 컨설팅은 아직 소비자에게 낯설었다. 이를 해결할 첫 번째 정보 수단이 바로 블로그였다. 다양한 컬러천이 올라가는 모습, 웜톤과 쿨톤의 사례 등 체험담 콘텐츠를 보면 호기심이 들기 마련이다. 온라인에서 일차적인 궁금함이 해결되어야 오프라인에서 움직이게 된다. 비즈니스를 한다면 좋든 싫든 온라인과 오프라인 마케팅을 병행할 수밖에 없다.

우린 하나부터 열까지 직접 사이트를 관리하고 마케팅을 하고 있다. 70년생인 나에게 온라인 업무는 늘 복잡하고 어렵고 어딘가 버거운 느낌을 받는다. 어쩌겠는가. 해야 하는 일인 것을. 파트너에게 "젊은 네가 온라인 업무를 다 하라"고 떠넘길 순 없지 않은가.

온라인 업무를 하다 보니 내 부모 세대 어른들은 요 작은 핸드폰과 우뚝 서 있는 키오스크 앞에서 얼마나 무력하고 짜증이 날까 싶다. 앞으로 더 발전하고 더 달라진다면 과연 나는 얼마나 따라갈 수 있을까. 중장년에게도 친절하고 어렵지 않은 모바일/온라인 시대가 오면 좋겠다.

4

나만의 컬러로 창업하라

피드백 속에서
아이디어가 피어난다

6년을 꽉 채운 자영업자로 지내면서 지금도 늘 '맨땅에 헤딩하는' 느낌을 받곤 한다. 사업을 배운 적 없는 나와 B는 말 그대로 무방비 상태였다. 그나마 내가 직장을 다니며 보고 주워들은 대로 브랜드 상호를 만들어 출발했지만, 막상 사업자 등록을 하고 나니 할 수 있는 것은 고객이 브랜미를 찾아서 예약해주길 기다리는 것뿐이었다. 우린 질문을 던지는 것부터 시작했다.

고객이 찾아오려면 우린 뭘 해야 할까? 내가 분당에서 퍼스널컬러를 받는다면? 이미지 컨설팅이 뭔지 알고 싶다면?

시간이 있는 날이면 남자친구와 차를 끌고 하루이틀 바

람 쐬고 돌아오는 것을 좋아한다. 그럴 때마다 네이버 리뷰를 찾아본다. 요즘처럼 PPL과 유료 리뷰단이 성행하기 전만 해도 네이버 블로그는 어느 정도 신뢰성이 있었다. 우리도 브랜미 블로그가 있으면 좋겠다는 의견을 냈다. 그때까지 나는 온라인 활동을 해본 적이 없고 인터넷에 글을 올린다는 상상도 해본 적 없었다. 난 늘 형식이 갖춰지고 목적이 분명한 문서만 써왔기 때문이다.

B가 블로그 마케팅에 관해 알아보기 시작했다. 알고 보니 온라인 마케팅 대행사와 계약해 블로그 체험단을 활용하는 경우가 꽤 많았다. 어떤 대행사를 선택해야 글을 방문객이 많은 블로그 체험단을 보내주고 우리의 컨설팅 서비스에 대한 리뷰를 잘 써줄까?

온라인 마케팅 영업 담당자 서너 명과 통화를 해보았다. 계약 조건과 그들이 운영 중인 블로거들의 글을 검토하고 마음에 드는 곳과 계약했다. 이후 블로그 체험단 운영은 브랜미 마케팅의 기초 활동으로 자리 잡았다. 사업이 성장하며 실제 컨설팅을 받은 고객의 지인이 찾아오는 경우도 많아졌고, 강의를 의뢰하는 사람도 늘어났다.

인스타그램의 경우도 비슷했다. 저녁에 딸이랑 이야기하던 중에 퍼스널 염색이라는 것을 알게 되었다. 카톡을 통해 파트너 B에게 전달했다. B는 다음 미팅 시간에 유사 컨텐츠나 활성화 정도, 어디에서 영업을 하는 업체인지 알아내 자세한 내용을 공유했다. 또 시장성이 어느 정도인지, MZ들이 선호할지 아닐지 의견을 말해주었다. 논의가 발전하며 우린 공통의 결론에 이르렀다.

브랜미의 대표번호가 내 연락처로 되어 있어서 문의전화를 많이 받는다. 전화 상담이 오면 난 일차적인 필터링을 하고, 논의해볼 만하다고 여겨지는 건을 B에게 보내 의견을 묻는다. 그러면 B는 초스피드로 온라인에서 정보를 알아본다. 이런 과정을 통해 나는 혼자 고민하지 않아도 된다는 걸 깨달았다. 무슨 일이든 시작하려면 소문을 많이 내라고 했다. 주관적인 자기 생각을 다른 사람의 눈을 빌려 객관적으로 볼 필요가 있는 것이다.

누구의 어떤 생각이 주류가 될지 알 수 없는 세상이다. '트렌드가 없는 것이 트렌드'라는 대한민국에서 생각과 아이디어를 꺼내놓고 피드백 받을 기회를 자꾸 탐색해본다.

사업은 인풋으로만
되지 않는다

장사라는 것을 시작하면 '맨땅에 헤딩하기'는 피할 수 없는 수순이다. 한 번으로 끝나면 좋겠지만 매달 매년 사업을 새로 시작하는 것처럼 예상 못 한 일들이 닥쳤다. 내가 놓친 것은 무엇인지, 안정적인 사업을 하는 사람들은 대체 어떻게 하는 것인지 책을 보며 참고했다. 난 주로 경제, 비즈니스, 자기계발 도서를 읽었는데 거기엔 몇 가지 유형이 있었다. 하나는 부자 되는 법을 알려주는 책이고, 또 하나는 SNS나 블로그 등 특정 매체를 이용해 수익을 올리는 방법을 알려주는 책이었다. 『오케팅』이나 『핑크펭귄』 같은 마케팅 고전은 시장 전체를 두루 알기 위해 읽어야 할 필독서였다.

무작정 다독을 하니 지쳤다. 나는 서점에서 오래 머물며 제목이나 목차 등을 살펴보고 동력이 생기는 것을 서너 권 고르는 식으로 방법을 바꾸었다. 읽은 책의 제목이나 저자를 기억하는 것이 점점 힘들었다. 좋은 내용을 보았어도 기억이 자꾸 날아가고 다른 일상 경험과 뒤섞여 막상 필요할 때 생각나지 않는 경우가 다반사였다. 그래서 최근에는 이북e-book을 많이 본다. 잠이 오지 않는 밤이면 깜깜한 방에 누워서 이북을 켜고 낮에 제대로 알아보지 못한 정보를 탐색한다. 책갈피나 메모, 형광펜 기능이 있어서 나중에 내용을 다시 찾아보기도 쉽다.

책을 통해 정보를 탐색하는 것은 기초지식을 수급하는 데 꼭 필요하다. 나중에 중고책으로 내다 팔게 되더라도 당장은 뭘 알아야 면장을 할 수 있지 않은가. 어스름한 윤곽이라도 잡혀야 그다음 단계의 질문을 떠올릴 수 있다. 그런 뒤라야 전문교육의 필요성도 느끼고, 교육기관이나 강의도 찾아보게 된다.

브랜미의 두 공동대표는 공부를 열심히 하는 사람들이다. 그 덕에 한 해 한 해 매출 성장세가 이어졌다. 하지만 더 도약하기 위해서 인풋이 필요했다. 세무, 회계, 인사 등 모든 부문에서 그랬다. 당장은 네이버 블로그와 인스타그램, 그리고 '벨라풀'이라는 유튜브 채널에 대한 반응을 높여야 했다. B와 함께 콘텐츠 회의를 진행하고 트렌드를 조사했다. 글을 쓰고 사진을 찍으며 동영상을 촬영해 업로드했다. 내 건강 문제가 불거진 후엔 나는 블로그에서 글을 쓰고 B는 유튜브를 제작하는 식으로 분담했다.

20여 년간의 직장생활을 하며 마케팅 커뮤니케이션 담당자로 다양한 광고와 마케팅 업무를 했다. 그때는 오프라인 매체가 강했고, 협업해야 하는 광고나 행사 대행사가 오면 내가 가장 먼저 파악할 것은 담당자였다. 바닥부터 올라온 난 상대방의 실력을 금방 알아보았고, 대행사들은 내 앞에서 함부로 견적을 가지고 장난칠 수 없었다.

그러나 온라인 마케팅은 가늠하기 힘들고 어지럽기만 했다.

2년 정도 뾰족한 방법을 모른 채 헤맸다. 이런저런 카더라를 끊임없이 보고 들으며 어떻게 브랜미 채널이 더 성장할 수 있을지 계속 고민했다. 그러던 중 2021년 온라인에서 유명세를 떨치던 '자청'을 알게 되었다. 현재 50만 원이 넘는 그의 『초사고 글쓰기』와 『자청의 무자본창업』을 사 읽었다. 읽어 내려가는 동안 '거 참 맞는 말만 하는 청년이네.' 하는 반가움과 시원함이 느껴졌다. 그가 세운

'이상한마케팅'이라는 회사를 탐색해보고, 그 회사에서 진행하는 사업자 아카데미도 검토했다. 거기 참여하기 위해 450만 원의 비용을 지불하고 8주간 그들이 내주는 미션을 수행했다. 블로그 형식과 쓰는 방법, 필요한 요소 등을 발에 땀이 나게 배웠다. 4주 정도 수강했을 때는 우수 사례로 소개되기도 했다.

이후 블로그 방문자는 4배 정도 상승했고 인스타그램은 종종 검색어 10위 순위권 내로 노출되었다. 유튜브는 유료 수익을 거두기 시작할 정도로 구독자가 늘어났다. 홈페이지부터 시작해 블로그의 구성과 위치 배열, 소개 내용 등이 모두 새롭게 정비되었고, 콘텐츠를 준비할 때도 '블로그 스탠다드'라는 사이트를 통해 현재 온라인에서 많이 검색되는 키워드를 찾아 주제를 정했다. '원소스 멀티유즈'라는 마케팅의 기본기를 되새기며 블로그, 유튜브, 인스타그램에 같은 콘셉트와 주제의 내용들을 일정하고 규칙적이며 지속적으로 업로드하는 방식으로 체계를 잡았다.

이상한마케팅의 사업자 아카데미는 '실행'의 중요성을 느끼게 해주었다. 카더라는 많지만 어찌 할지 모르는 사람들에게 그것을 실제로 해보게 한다는 것은 큰 차별점이었다. 컴퓨터든 스마트폰이든 키오스크든 실제로 콕콕 눌러보고 해보지 않으면 의미가 없다. 30살에 키보드 타자만 겨우 연습해 들어갔던 회사에서 조금만 문제가 생겨도 벌떡 일어나 "큰일 났어요!"를 외치던 나는 한 번 더온라인 테크닉과 그것을 실행하며 적용할 수 있는 '실행Doing'을 배웠다.

동업에 임하는 우리의 자세

회사에 다닐 때 회의하자는 말을 '수다 좀 떨자.'라고 표현하곤 했다. 형식적이고 딱딱한 미팅 대신 캐주얼한 수다를 떨다가 일 얘기를 하자는 뜻이었다. 수다는 스트레스 해소에 도움을 주고 아이디어를 떠오르게 한다. 기업에선 이걸 '브레인스토밍'이라는 거창한 이름으로 부르기도 한다.

수다를 떨자고 하면 일단 편해진다. 감정적으로 날카로울 일이 별로 없고, 의견 차이가 있더라도 부드럽게 넘어갈 여지가 있다. 그런 분위기에서 자유롭게 아이디어를 도출해내고 서로 다른 시선으로 의구심을 해결해갔다. 이러한 팀워크를 사업에 적용하고, 파트너와의 동업에 실패하지 않기 위해 내 나름의 기준을 마련했다.

첫째. 파트너는 친구가 아니며 친구가 되려고 하지도 말자.

사업 파트너와 시시콜콜한 개인사를 나눌 필요는 없다. '수다나 떨자'고 해도 결국 사업에 필요한 일을 협의하는 자리다. 카페에서 친구를 만나서 할 법한 사적인 얘기를 구구절절 할 필요가 없다. 서로 적당한 거리를 두어야 비즈니스가 가능하다.

파트너가 원래 친한 친구였다면? 둘도 없는 베프라면? 동업을 하기 전에 내 거 다 줘도 괜찮은 사람인지 자신에게 물어봐야 할 것이다. 그런 게 아니라면 비즈니스 파트너로 거듭나는 게 불가능할 수도 있다. 중요한 건 비전이 같은가이다.

뭔가 손해 보고 있다는 느낌이 들면 그 감정이 눈덩이처럼 커지기 전에 객관적으로 따져봐야 한다. 손해 보는 포인트가 무엇인지, 내 마음의 문제인지 일의 문제인지 말이다. 그리고 마주앉아 얘기를 하든 장문의 카톡을 하든 메일을 쓰든 커뮤니케이션해야 한다. 커뮤니케이션을 했다면 전달했다는 것에 의의를 두고 기다려야 한다. 상대에게도 생각할 시간이 필요하다.

"아휴, 말이 그렇지. 그런 얘기가 쉽게 나오니?"

만일 그런 얘기도 못하는 관계라면 기본적인 신뢰가 없다는 뜻이다. 그건 애초에 동업을 할 수 없는 관계다.

둘째, 자주 만나지 않아도 큰일 나지 않는다.

처음부터 엄청난 규모의 고객이 몰려올 리는 없다. 내 경우 한 사무실에서 파트너와 교대로 컨설팅을 해나갔다. 월수금/화목토로 요일을 나누어서 업무를 보고, 1~2주에 한 번씩 만나서 회의를 했다. 중요한 이슈가 없는 주는 건너뛰고 이슈가 많으면 회의를 추가하며 유연하게 조정했다. 그 외에는 전화나 카톡으로 연락했다. 그것만으로 충분히 사업체가 돌아가도록 시스템을 구축하는 게 중요했다. 그래서 온라인 예약 시스템이 있는 플랫폼을 사용하고 사무실도 공유 오피스를 이용했다.

사업 파트너를 매일 만날 필요는 없다. 그 시간에 각자 필요한 공부를 하거나 시장 조사를 해도 좋다. 아이템이든 광고, 마케팅이든 회계 실무든 세금이든, 자영업자가 공부할 것은 지천에 널렸다.

셋째, 공유 오피스를 100% 활용하라.

이미지 컨설팅 사무실은 공간이 깔끔하고 모던해야 한다. 고객에게 사무실은 '이미지'로 처음 승부하는 영업장이다. 그러나 공간 인테리어는 소자본 창업에 어림도 없는 일이다. 10평 남짓한 공간을 인테리어하는 데 5000만 원을 쓴 네일숍을 보았다. 내겐 어림도 없는 금액이었다.

　공유 오피스에는 웬만한 사무 시스템이 다 갖춰져 있다. 나는 처음부터 공유 오피스를 염두에 두었고, 사업 초반에는 스터디룸 같은 대여 공간에서 컨설팅을 시작했다. 만약 빈 사무실을 임대해서 시작했다면 인테리어부터 냉방, 난방, 전기, 수도, 청소, 쓰레기 버리기 – 나는 이게 제일 싫다 – 등 하나부터 열까지 직접 설치하고 관리해야 했을 것이다. 정수기랄지 커피, 음료 같은 소모품도 일일이 신경 써야 했을 것이다. 집에서 살림하는 것도 지겨운데 일터에서까지 분리수거나 쓰레기를 버려야 한다고 생각하니 정말 너무 싫었다. 내가 하기 싫은 일은 남도 하기 싫은 법이다. 사무실 유지 관리를 직접 해야 했다면 초기부터 파트너와 싸울 일이 넘쳐났을 것이다.

여성 소비자가 나가신다!

최근 기사를 보면 여성의 소비 비중이 전체의 64%를 차지한다고 한다. 통계를 보지 않더라도 대낮에 백화점이나 브랜드 커피숍, 예쁜 카페를 가보면 여성이 훨씬 눈에 많이 띈다. 우리나라는 12년째 경제협력개발기구OECD 회원국 29개국 가운데 여성에게 노동환경이 가장 가혹한 나라로 꼽히고 있다. 2024년 3월 8일 여성의 날을 앞두고 영국 시사주간지《이코노미스트》에서 발표한 유리천장지수The glass-ceiling index 또한 한국이 29개국 중 29위이다.

여성은 일하는 비율도 남자보다 낮고 임금도 남자의 60% 수준으로 낮다. 이러한 불균형은 세계 최하위 출산

율에도 영향을 미친다. 여성의 평균 수명은 남성보다 10년 정도 길다. 인구 감소율이 높은 지방에 가면 유독 할머니가 많은 걸 볼 수 있다. 여성은 남자보다 40% 적게 벌면서 노화에 따른 질병과 생활고를 더 오래 겪는다.

그런 와중에 시장의 주 소비자가 여성으로 변화하고 있다. 해외에서도 마찬가지다. 미국의 경우 여성의 70~80%가 구매 의사 결정을 도맡아 하고 있으며, 그 세부 품목으로는 식품(93%), 의약품(93%), 여행(92%), 건강(80%) 등이 있었다.

(출처: Justin Grossbard)

가계 경제의 주요 의사 결정자가 되면서 여성은 소비 트렌드를 이끌기 시작했다. 여성은 자신의 소비 경험을 타인과 나누며 입소문 마케팅의 주체가 되고 있다. 미국에서도 여성 소비자의 92%가 자신의 소비 경험을 다른 사람들에게 전달한다고 한다. 특히 온라인 쇼핑 분야에서 구전 활동이 매우 활발하다.

(출처: Grossbard, Forbes)

그럼 여성 소비자들은 어떤 특성을 가졌을까? 몇 가지 키워드로 살펴볼 수 있다.

#채식주의 #비거니즘

채식주의는 이제 하나의 라이프 스타일이 되고 있다. 채식주의 중에서도 난류나 유제품 등 모든 동물성 식품을 엄격히 거부하는 비거니즘은 동물권을 지키기 위한 운동의 성격도 띤다. 이러한 배경에는 반려동물 문화와 공장식 축산에 대한 문제의식이 깔려 있다. 여성들은 동물이 고통받지 않는 세상을 바라며 더 가치 있는 소비와 건강한 식생활을 향해 가고 있다.

#레트로

쇼룸을 찾아가 곧장 원하는 상품을 얻는 오프라인 구매와, 오래 기다리는 한이 있어도 원하는 것을 얻고 말겠다는 온라인 구매대행까지, 소비에 대한 의지가 분명한 이들에게 특징적으로 보이는 트렌드는 바로 레트로이다. 레트로는 과거에 대한 향수에 기인한 트렌드이다. 코코 샤넬이 생전에 만든 샤넬 클래식백은 오래된 디자인임에도 불구하고 물량이 없어서 살 수 없는 실정이다. 케이팝 K-POP이 세계적으로 유행하는 가운데 아이돌들은 복고적인 스타일을 차용한 곡들로 성인 팬들의 향수를 불러일으킨다. 진보적이고 현대적인 가치뿐만 아니라 복고적 취향이 반영된 소비문화가 확산되고 있다.

#가심비

가심비는 '가격 대비 심리적 만족'의 줄임말로, '가격 대비 성능'을 뜻하는 '가성비'와 대립해서 쓰이는 신조어다. 자존감을 지키고자 하는 소비 활동이 늘며 생긴 말이다. 명품 브랜드의 짝퉁 제품들이 사라지지 않는 이유는 뭘까? 지난겨울 브랜드 아울렛에 쇼핑을 갔을 때 나는 몽클레어 롱패딩의 비싼 가격을 보고 헉하고 놀랐다. 분당 동네에서 마주쳤던, 츄리닝 바지에 어그슬리퍼를 끌던 많은 여자들의 어깨에도 몽클레어 마크가 있었다. 그 많은 여자들이 모두 최저 450만 원 이상의 가격을 주고 산 것이란 말인가? 어떤 이들은 별 문제 없이 몽클레어를 소비할 수 있겠지만, 누군가는 몽클레어와 스타일이 비슷한 저렴한 패딩으로도 심리적 만족도를 얻을 수 있다.

사실, 샤넬이나 루이비통 등 브랜드에서는 '카피용'으로 다른 회사들이 흉내 내서 비슷하게 만들 수 있게 하는 대중적 디자인을 한두 가지씩 출시한다고 한다. 많이 카피되어서 대중들이 선택할수록 실제 명품도 많이 나간다는 것이다. 이 또한 하나의 판매 전략이다. 그러니 아무리 공항 검색을 강화해도 브랜드들의 카피 제품이 사라지지 않는 것 아닐까? 여성 소비자에게 구매란 사소한 소비로 끝나는 것이 아니라 자기 존재를 발견하고 자신의 삶에 몰입할 수 있도록 하는 일련의 사회 활동으로 의미가 확장되는 것이다. 여성 소비자의 심리에 집중해 원천적인 욕구를 분석해내는 것이 중요하다.

나의 컬러를 나만 모른다?

하루에도 수만 가지의 정보를 처리하는 우리의 뇌는 선택적으로 인식한다. 어떤 것은 오래 기억하는가 하면 어떤 것은 금방 잊어버린다. 또 어떤 것은 빨리 인지하고, 어떤 것은 느리게 인지한다.

사람이 오감을 통해 받아들이는 외부 정보 중 87% 정도가 시각 정보에 의해 이루어진다. 시각 정보를 이용해 의사소통하는 것을 비주얼커뮤니케이션Visual Communication이라고 한다. 비주얼커뮤니케이션은 다른 어떤 정보 전달 방식보다 빠르고 효율적이다. 비주얼커뮤니케이션 요소 중 가장 강력한 것은 색이다. 사람이 받아들이는 시각 정보 중 60% 이상을 차지하는 것이 바로 색, 컬러이다. 컬러는 시각 정보로서 쓰임새가 매우 다양하다.

사람의 매력을 연출하는 컬러의 특징이 있다. 먼저 색은 차별성을 만들어낸다. 광고, 마케팅 분야의 고전인 『보랏빛 소가 온다』라는 책이 있다. 마케팅의 혁명가라 불리는 세스 고딘Seth Godin의 대표 저서인데, 이 책을 골라 집었을 때가 기억난다. 당시 나는 글로벌 게임사의 홍보 팀장이었다. 수많은 베스트셀러 중 단연코 도드라지던 보라색 하드커버 표지의 이 책이 눈길을 끌었다. 책 내용에서 강조하는 리마커블Remarkable이라는 개념을 책의 물성 자체에 구현해 시각화한 책이었다.

한 마케팅 회사에서 조사한 바에 따르면, 비슷한 제품 중에서 특정 제품을 선호하는 이유로 컬러를 꼽는 소비자가 85%나 된다. 기왕이면 다홍치마라고, 생각해보면 나도 그렇다. 우리는 점점 더 많은 시각 정보에 노출되고 있다. 인스타그램에서는 한 장의 사진으로 수많은 사람과 소통한다. 음식 사진을 찍을 때에도 각도와 필터를 고민하고 계절마다 포토 핫스팟은 인산인해를 이룬다. 스마트폰을 고를 때 카메라 기능은 중요한 선택 기준이 된다.

고객에게 제품을 알리려는 기업부터 온라인 플랫폼에서 콘텐츠를 제작하고 운영하는 크리에이터까지, 작은 카페를 운영하는 소상공인부터 자신이 직접 만든 향초와 비누를 판매하는 온라인 사업자까지 모두가 동영상 콘텐츠를 고민한다. 경쟁자가 많아지다 보니 콘텐츠뿐 아니라 영상미에 대한 고민도 점점 커진다. 컨설팅할 때에도 인스타그램이나 유튜브에서 어떤 컬러를 사용하는 게 좋을지 묻는 고객이 많아졌다. 크리에이터가 어떤 색상의 옷을 주로 입는지, 배경은 무슨 색을 쓰는지에 따라 채널에 대한 인상과 이미지가 달라진다.

크리에이터뿐만 아니라 퍼스널컬러/이미지/브랜딩 컨설턴트, 자영업자, 평범한 일반인까지 다양한 사람들이 자신만의 컬러를 찾고 잘 활용할 방법을 궁리한다. 오늘날에는 다양한 도구를 사용해 누구나 비주얼 전문가 못지않은 훌륭한 이미지를 만들 수 있다. 비주얼커뮤니케이션의 비중이 높아질수록 더 빠르고 더 눈에 띄는, 더 오래 기억에 남는 좋은 이미지를 만드는 것이 중요하다.

색채와 컬러 마케팅에 관한 수많은 연구와 사례가 있지만 막상 자신에게 적용하려고 하면 쉽지 않을 것이다. 아래 항목들을 보며 자신을 한번 점검해보자.

- 매일 검은 옷, 흰색 아니면 무채색 옷만 입는다.

- 세보이고 차가워서 첫 인상이 다가가기 힘들다는 말을 많이 듣는다.
- 사랑스러우면서도 가볍지 않은 이미지를 갖고 싶다.
- 전문성이 돋보이고 고급스러운 커리어우먼 이미지를 갖고 싶다.

위의 4가지 중 해당되는 게 있다면 퍼스널 브랜딩을 통한 외적, 내적 변화를 고민해봐도 좋다. 사람마다 추구하는 자신의 이미지가 있다. 좋은 첫인상이나 자신만의 개성이 담긴 매력적인 이미지를 형성하는 과정은 단순하지 않다. 컬러와 비주얼을 활용해 일관된 이미지를 갖추어나가다 보면 그것이 퍼스널 브랜딩이 된다.

컬러는 저마다의 힘이 있고 채도와 명도를 아우르는 톤에 따라 고유의 가치와 의미 패턴을 가진다. 각 컬러가 불러일으키는 감정을 잘 활용하기 위해서는 나의 정체성을 잘 파악해야 한다. 컬러테라피 분야가 별도로 있는 이유도 그것이다. 누구에게나 자기만의 개성과 분위기가 필요하다. 어떤 컬러가 당신을 표현하는지 당신만 모른다.

디지털 노마드,
그놈의 자동화

고객 분석을 하기 위해서 한동안 마케팅 책을 다시 탐독했다. 어째서 코로나 사태가 일어나던 기간 내내 고객이 꾸준히 늘어났을까? 어째서 날씨 좋은 피서철과 가을 단풍철에 고객 방문이 훅 떨어질까?

퍼스널컬러와 이미지 메이킹은 자신에 대한 객관적 탐구 영역이다. 시장 초기에는 도전적인 성향을 가진 고객들이 먼저 구매를 시작하고 점차 일반인에 알려진다. 코로나 사태는 아이러니하게도 이미지 메이킹 분야의 저변이 확대되는 계기였다. 타인과 어울리는 시간이 현저하게 줄어들면서 관심의 초점을 자기 자신에게 맞추게 되었기 때문이다.

경기도 전 지역에서 브랜미를 찾아오는 손님이 매년 늘어났다. 예약이 늘며 매출이 월 2000만 원을 넘기기 시작했다. 2022년에는 5인실을 하나 더 임대해 2개의 사무실을 쓰고, 컨설턴트도 1명 더 채용해서 '자동화 컨설팅'을 이루었다. 파트너와의 업무 분담도 좀 더 명확해졌다. B는 기업과 기관 강의 등 대외 업무를 맡고, 나는 마케팅과 결산, 아웃소싱 업체와 직원 관리 등 내부 업무를 맡게 되었다.

브랜미는 1년 365일 중 추석날과 설날 외에는 쉬는 날 없이 영업을 계속하고 있다. 제주도에 갔을 때 식사 때마다 디저트 가게를 검색해서 영업 중인지, 브레이크타임이 아닌지 알아봐야 하는 것이 너무 짜증스러웠다. 브랜미는 영업일을 고정화하며, 직원들이 쉬는 날엔 공동대표들이 컨설팅을 맡아서 진행하는 식으로 1년 내내 고객을 만났다. 안정적인 영업 일정은 고객에게 신뢰감을 주는 중요한 요소였다.

안정적인 매출을 유지하는 게 가장 큰 숙제였다. 매월 시즈널리티 이벤트를 챙길 만큼 1년의 회전을 인식하게 되었다. '안정적'이라는 게 대체 무엇일까? 매달 월매출을 걱정하며 컨설팅을 직접 하지 않아도, 산재된 여러 가지 일들을 직접 하지 않아도 들쑥날쑥하지 않은 매출을 지속적으로 거둘 수 있을까? 이런 바람을 가진다면 '도둑놈 심보'일까?

온라인에서 많은 정보와 트렌드를 접하면서 '디지털 노마드'라는 매력적인 단어를 접했다. 디지털 노마드Digital Nomad는 디지털Digital과 유목민Nomad을 합성한 말로, 노트북이나 스마트폰 등 인터넷 접속이 가능한 디지털 휴대기기를 이용해 일하는 사람들을 말한다. 이런 사람들은 회사에 정규직으로 고용되어 있기보다는 프리랜서나 파트타이머 또는 스타트업인 경우가 많고 자유롭게 이동하며 일을 한다.

원하는 시간과 공간에서 자유롭게 일한다니, 듣기만 해도 꿈같은 일이었다.

ING생명에 다니던 어느 해 겨울 출근길에 폭설이 내렸다. 신년의 1월이었기 때문에 나름 옷차림에 신경을 쓰고 나와 광역버스에 올랐다. 정말 눈이 많이 오는구나 하며 만원버스 맨 앞자리에 서 있는데, 분당에서 고속도로를 타고 한남대교쯤 가던 버스가 멈춰서 버렸다. 기사님은 더 이상 못 간다며 다 내리라고 소리쳤다. 이미 회사는 지각이었다. 새해 초부터 지각이라니, 마음이 구겨졌다.

가장 가까운 지하철역은 압구정역이었다. 눈 사이로 발은 푹푹 빠지고 하이힐 구두와 정장 바지 아랫단이 다 젖었다. 1km쯤 걷다 보니 성질이 났다. 가방에, 우산에, 걷기 힘든 눈길. 이미 회사는 한참 늦었는데 이대로 회사를 꼭 가야 하나 싶었다. 한 선배에게 전화를 했다.

"폭설인데 그냥 집에 가면 안 될까요?"

"희연아, 아무리 늦어도 일단 사무실엔 나가라. 바로 집으로 돌아가더라도."

결국 나는 오후 12시 10분에 출근했다. 사무실엔 결석자 하나 없었다. 태풍이 와도, 폭설이 쏟아져도, 홍수에 길이 막혀도 어떻게든 출근해야 하는 시절이었다.

디지털 노마드를 현실로 만들려면 시스템에 의한 업무 자동화를 이뤄야 한다. 우리는 표면적으로 직원 컨설턴트를 채용하고 훈련시켜서 업무에 투입함으로써 자동화 컨설팅을 이루었지만 공간 제약을 받지 않고 재택 원격 근무를 하면서 자유롭게 생활할 수는 없었다. 물론 아침 9시 출근을 위해 6시 반에 일어나 준비를 하고 버스를 타든 자가용을 몰든 사무실 책상까지 가서 앉아 있어야 했던 때만큼은 아니지만, 현장에 있어야 한다는 사실은 변함이 없었다. 출근해서 책상 앞에 앉아 블로그를 쓰고, 세무, 결산 업무를 하고, 협력사들과 커뮤니케이션을 해야 한다. 컨설턴트는 사람이고 컨설팅은 고객을 마주해야 하는 대면 상담이다. 우리는 늘 현장에 있을 것이다.

동력을 일으키는 시작의 힘

아기라고 볼 수 있는 나의 법인을 매출만 죽어라 늘리는 식으로 키울 수는 없다고 생각했다. 그래서 법인 초기부터 성장과 경영에 관한 컨설팅을 받으며 모르는 것을 배워갔다. 매출은 물론, 세무와 직원 관리, 기업의 성장을 위해 필요한 연구소 관리 업무도 함께 점검받았다.

법인 1년이 채 되지 않아 우리 회사는 '여성기업확인서'라는 것을 획득했다. 법인 브랜미가 여성Female 인격체가 된 것이다. 혜택이나 우대 사항도 좋았지만 나와 B는 여성으로서 비즈니스를 하며 여성적인 방법으로 성공하는 기업을 만들어가자는 데 생각이 일치했다. 그 추상적인 생각을 실현하기 위해 직원들과 정기적으로 브런치

회의도 열고 대외적으로 선한 영향력을 끼질 수 있는 방법을 모색했다. 연구전담부서를 두고 우리 브랜드가 차별적으로 내세울 수 있는 컬러 드레이핑 교구를 개발하기 위해 한여름 비좁은 동대문 원단 시장을 또 한번 분주하게 누볐다.

결국 브랜미만의 컬러천 교구를 완성해서 특허를 신청했다. 또 이미지 컨설팅의 완성된 모습을 그 자리에서 구현하기 위해 헤어 사업을 추가할 계획을 세웠다. 그러려면 헤어 국가자격증이 필요했다. 그래서 펌, 커트, 드라이 등 헤어 기술을 배우고 있다. 지난주에는 종편 TV 방송 촬영을 진행했고 유명 기업 임직원들의 이미지 컨설팅을 '좀 더 새롭고 흥미롭게' 할 수 있도록 아이디어를 계속 모으고 있다.

백조가 우아하게 물 위에 떠 있기 위해서는 물속에서 끊임없이 발장구를 쳐야 한다. 우리도 끊임없이 '궁궁이'를, 멋지게 말한다면 플랜Plan을 세우고 큰일과 작은 일을 병렬로 해나가고 있다. 우리가 J커브의 매출 변화를 경험했던 몇 달 전에 안심하고 안주했다면 이후에도 계속 맘편히 지낼 수 있었을까? 기본적으로 나는 안주하지 못하는 사람이고, 사업이라는 것은 매일 보이지 않게 조금씩 자라나야 하는 숙명을 가진 새싹과 같다. 우리가 컬러천 교구의 특허를 따내지 못했다면 난 특허를 포기했을까? 절대 그랬을 리 없다. 현재 진행 중인 헤어 국가자격증도 마찬가지다. 한번 해서 떨어지면 다시 응시하고 다시 연습해서 결국 붙을 것이다.

시작이 반이라는 말을 많이 듣는다. 나는 이 말을 '동력을 일으킨다'로 해석한다. 그건 경운기의 시동을 거는 것과 비슷하다. 어릴 때 시골에서 경운기 시동 거는 법을 배웠다. 당시 경운기는 커다란 쇠막대기처럼 생긴 열쇠를 꽂고 힘을 다해 팔을 돌려 10번 이상 회전력을 일으켜야 '우당투다다당~' 소리를 내며 시동이 걸렸다. 그렇게 걸린 시동은 일부러 *끄지* 않는 이상 꺼지지 않는다고 했다. 자동차처럼 간단히 차 키를 꽂아 돌리거나 단추를 눌러서 시동을 거는 것과는 확실히 달랐다. 이런 게 비즈니스를 하고 브랜드를 유지하는 데 가장 필요한 힘이다. 시작을 일으키는 힘을 잘 기억해두어야 한다.

'삶의 생산적 주체자'의 모습은 다양하다. 꼭 돈을 많이 벌어야 하는 것도 아니다. 일정한 공간을 오가며 비슷한 환경에서 비슷한 사람들을 만나고 비슷한 일상을 보내다 보면 새로운 도전을 모색하기 어려워진다. 나이 들면서 특히 그렇다.

오래된 나의 친구 중 하나인 L은 최근에 운동과 식단을 통해 몸을 만들어서 '바디프로필'을 찍었다. 그 사진들을 처음 단톡으로 받아본 친구들은 깜짝 놀랐다. 다들 "왜?" 부터 묻고는 "SNS에 올릴 건 아니지?"라며 주책을 걱정했다. 그 친구의 생산적 주체성은 일반적으로 생각하는 것과는 좀 다르다는 것을 만나서 이야기하며 느꼈다. 부지런하고 골프를 즐기던 L은 몇 년 전 느닷없이 유방암 판정을 받았다. 다행히 림프까지 퍼지지는 않아서 수술을 하고 5년 만에 완치 판정을 받았는데, 마음고생이 심했을 것이다. 그녀는 50줄에 생긴 병마 때문에 자신의 버킷리스트를 새로 정리하며 몸과 마음을 새롭게 정비했다. 그리고 와인 소믈리에 자격증과 정리수납 전문가 자격증, 일본어능력시험 등에 도전해 성과를 이루었다. 바디프로필을 찍은 것도 그중 하나였다. 참 대단하지 않은가.

그렇게 여러 가지 활동을 하는 이유를 묻자 L은 '즐겁게 제대로 살기 위해서'라고 답했다. 와인, 일본어 모두 여행과 생활을 윤택하게 하고 제대로 즐기기 위한 방법이었고, 정리수납 또한 일상을 깔끔하게 유지하고 싶어서였다. 누군가에겐 팔자 좋은 소리 같겠지만 그 유명한 김

창옥 강사도 말하지 않았던가. 사연 없는 집안은 없는 거라고.

오늘은 자전거를 타고 늘 다니던 익숙한 길 말고 우회도로를 달려보았다. 오늘처럼 낯선 길을 선택할 때가 있다. 날씨 좋고 기분 좋을 때 용기를 내게 된다. 지하철은 끔찍하게 싫어하지만 버스를 타고 종점까지 갔다가 되돌아오기도 한다. 새로운 풍경과 낯선 이들을 접해보는 것이다.

원하는 바가 있다면 직접 찾아 나서야 한다. 너무나 귀찮다. 나도 그렇다. 하지만 '안 하면 어쩔 건데?'라는 불안과 호기심이 나를 전전긍긍하게 만든다. 아는 사람이 없으면 되는 일이 없다는 건 옛날 말이다. 도처에 전문가와 전문 지식이 널려 있다. 필요하다면 매일 넘기는 광고라도 클릭해보면 된다. 운이든 돈이든 찾아다녀야 나에게 온다. 아무것도 하지 않는 사람은 운이 찾아와도 모르고 흘려보낸다. 준비된 자에게 기회가 오는 법. 7할의 운을 담을 수 있는 3할의 노력은 행동과 실천이다. 이것이 운칠기삼이며 나의 그릇을 키우는 방법이다.

나는 그래도 운이 좋았다. 여기에 다 적지 못한 인생 풍파가 웬만한 3류 소설 뺨치지만 그래도 그때마다 어딘가

열려 있는 작은 문을 찾아낼 수 있었으니 말이다. 포기하지 않을 수 있었던 이유는 '나'에 대한 믿음이었다.

불행아로 자라지 않을 거야.

이혼녀가 되어 주저앉지 않을 거야.

월급쟁이로 끌려다니는 직장인이 되지 않을 거야.

동네 자영업자로 머물지 않을 거야.

멋진 사업가로 근사하게 나이 드는 여성이 될 거야.

집념과 성실함으로 내 운을 기다리고 받아들일 준비를 해왔다. 행운은 마냥 기다린다고 오는 게 아니란 걸 실감한 세월이었다. 내 언니가 입버릇처럼 하는 말이 생각난다.

"아, 그거? 이제 하긴 해야지."

배꼽 아래 팔랑거리는
나비를 위해

21세기는 매력이 자본이 되는 시대라고 한다. 20세기엔 상상도 할 수 없었던 수많은 다양한 직업이 생겨났다. 그보다 더 많은 직업이 사라질 위기에 놓인 것도 사실이다. 이미지 컨설턴트라는 직업도 40대 후반에야 알게 된 직업이었다. 스스로 매력적인 사람인 동시에, 매력적인 사람이 되도록 도울 자격을 가진 전문가. 리스크가 거의 없고 내 스스로의 변화만 얻어도 할 가치가 충분하다고 생각했다.

이미지 메이킹은 퍼스널 컬러 그리고 퍼스널 브랜딩과 맞닿아 있다. 이를 통해 나만의 고유한 가치를 표현할 수 있다. 이미지 컨설턴트는 고객의 잠재된 가치를 밖으로

끌어내줌으로써 수익을 창출한다. 지식 산업이며 콘텐츠 서비스이고, 상담을 통해 가치를 창출하는, 시간이 수익이 되는 일이다. 패션 감각이 좀 있는 사람이 소개팅에 나가는 친구에게 코디와 메이크업을 해주는 것과는 차원이 다르다.

많은 고객의 컨설팅을 진행했다. 60분 내외의 시간 동안 퍼스널컬러 하나 알게 되었다고 그 사람의 이미지가 한 번에 달라질 리 없다. 3회 정도 심화 컨설팅을 진행하다 보면 고객 자신도 외적인 변화와 내적 컬러의 힘을 실감하게 된다. 그런 모습을 보면 마냥 좋다. 만족감을 느끼는 고객을 바라보는 내 마음도 흐뭇하고 우쭐해진다. 그래서 작고 소소한 디테일 하나라도 더 알려주고 싶어서 안달이 난다. 헤어디자이너나 메이크업 아티스트 같은 뷰티 종사자들도 나와 비슷한 마음으로 직업을 유지하고 있지 않을까.

30대 중반 직장에 다닐 때 나보다 한 살 어린 CEO가 있었다. 그는 PI 프로젝트를 진행하며 한 회사의 대표로서는 물론 일상의 용모와 태도에 점진적인 변화를 일구어냈고 결혼도 했다. 그 모습을 보면서 나도 뿌듯했다.

남녀를 불문하고 사람들은 외모에 관심이 많다. 퍼스

널컬러와 이미지 메이킹은 10대부터 60대까지 전 연령에 걸쳐 관심도가 높다. 종종 딸과 엄마가 함께 컨설팅을 받으러 오는 경우가 있는데, 엄마인 60대 여성도 화장품이나 의상에 대해 다양한 질문을 쏟아낸다. 주 고객은 역시 20~30대 여성과 기업으로, 기업 강의나 매체를 통해 이미지 메이킹에 대한 이론을 접하고 찾아오는 남성도 늘고 있다. 높아지는 관심 속에서 우리는 '매력'과 '정도'의 균형을 잡기 위해 많은 이야기를 나눈다. 우리의 일은 외모지상주의라는 부정적 인식과 외모는 경쟁력이라는 인식 사이에서 균형 있게 자리매김해야 한다.

우리를 보고 종종 이런 직업도 있냐며 신기해하는 고객들이 있다. 내 마음에 들고 내 마음이 기쁜 일을 하게 된 것에 감사한다. 타인의 변화를 이끌어내는 일이 얼마나 큰 행복감을 주는지 모른다. 사는 내내 사람을 움직이고 달라지게 하는 동력이 어디서 나오는지 궁금했다. 사업을 하면서는 사람으로 하여금 지갑을 열게 하는 힘의 출처를 고민했다. 누군가 이것을 '배꼽 아래쯤에서 아주 작은 무지갯빛 나비가 팔랑거리기 시작한다'는 말로 표현하기도 했다. 얼마나 간질간질하고 설레는 표현인가. 내 배꼽 아래서 잠자는 나비는 언제 날개를 팔랑거리는지, 나이를 먹으며 그런 순간이 줄어들고 있지는 않은지 때때로 주시한다.

하룻밤 사이 하동에 잠시 몸을 뉘였다가 섬진강변을 따라 광양 매화마을과 구례 화엄사를 돌아보고 왔다. 아직 매화가 만개하지는 않았지만 해마다 가고 싶은 남쪽 마을 '꽃마중'이다.

돌아온 집은 적막하기 그지없다. 작은 화분들이 깔끔하게 정돈되어 있는 창가 너머로 어디선가 나타난 노묘들이 하나둘씩 살금살금 그림자를 비춘다. 어제 내가 집을 나설 때도 나의 집은 이렇게 적막했다. 요란하지도 부산스럽지 않고 아무도 다녀오라 배웅하는 이 없지만 나는 3마리의 고양이들과 내 집을 가꾸고 정리하고 유지하며 관리한다.

여전히 보이지 않는 곳에서는 킹 또는 퀸 메이커들이 치열하게 타인의 얼굴과 용모와 태도와 말투를 바꿔주느라 최선을 다하고 있다. 가끔은 부질없이 느껴지기도 하고 '외모가 다냐?' 소릴 듣기도 하지만, 그래도 예쁜 것, 멋진 것, 잘 어울리는 것을 보면 눈이 가고 감탄이 나오는 나는 컬러를 사랑하는 이미지 컨설턴트다.

에필로그

세상엔 어쩔 수 없는 일이 많다는 걸 알게 되었을 즈음 책을 내기로 결심했다. 인생의 소용돌이 속에서 경험하고 배우고 알게 된 무언가가 나에게 있었다. 작은 비즈니스를 하면서 새롭게 알게 된 이모저모가 나에게 분명 있었다. 여성만의 특질을 발휘해 그것을 다른 사람들과 나누기로 했다. 그로써 나 또한 동력을 얻을 테니 말이다. 나를 위해 행동할 때 남을 위한 길도 함께 열린다.

처음 원고를 쓰기 시작했던 때부터 지금까지 또 여러 가지 변화를 겪었다. 작년에는 3마리였던 나의 고양이 중 1마리가 무지개다리를 건너갔다. 흰색의 털을 고르던 페르시안 친칠라였다. '단비Sweet Rain'라고 불러주던 사랑스러운 그 아이는 15살, 내가 브랜미의 부산 지점을 내기 위해 자주 집을 비워야 하기 시작할 때쯤 고이고이 떠나갔다.

2024년 7월부터 준비했던 부산 해운대 브랜미는 10월 중순 오픈하며 겨울바람 속 추위를 이겨내기 위해 노력하고 있다. 한 달에 한 번 이상 내려가는 부산은 사실 그리 춥지 않다. 다만 12.3 계엄 사태 이후 시장이 얼어붙은 지금, 언제쯤 사람들의 마음이 풀리고 경기도 풀릴 것인가를 고대하고 있다.

B와의 동업 인연도 끝이 났다. 원한 바는 아니었지만 결과적으로 7년 차의 브랜미는 이제 단독 대표인 내가 분당 서현의 본점과 판교점 그리고 부산해운대점을 운영한다. 컨설턴트도 2명이 바뀌고 1명을 새로 채용해 교육한다. 최근 1~2년간의 매출과 컨설팅 프로그램 그리고 고객 데이터를 놓고 분석이랍시고 하며 "이렇게 해볼까? 저러면 어떨까?"를 고민해봐도 올해는 또 어떤 이유로 매출이 늘지 않는지 안개 속이기만 하다.

개인적으로는 이사하기 위해 철거 업체와 가구 직영 공장, 조명 업체, 도배 업체 사장님들과 접촉해 일정을 잡는다. 견적과 일정을 맞추고 집에 앉아 있을 때면 작고 소소한 짐들을 하나둘씩 정리해간다. 명절이 지나고 이사를 마치면 봄이 올까. 난 항상 파스텔톤의 보송한 컬러들이 세상을 메워주는 새봄을 그리면서 살아왔는데 지금은 더더욱 그러한 것 같다.

사람들의 삶의 단면은 비슷하지만 하나하나 들여다보면 저마다의 사정이 있다. 출퇴근길을 가득 메운 인파는 회색빛으로 보이지만 한 사람 한 사람 자세히 살펴보면 저마다의 컬러를 가지고 있다. 나 또한 '그레이하다'는 말을 듣고, 가정이란 울타리 안에서 그림자처럼 살던 사람이었다. 하지만 흑백으로 둘러싸인 세계에서 뛰쳐나와 나만의 컬러와 이미지를 찾고 창업과 사업을 이루고 있다. 딸을 키워 독립시켰고 몸과 마음을 갈아넣는 고통의 순간들을 감내해야 했다.

어렵고 힘들어도 배꼽 안에서 팔랑거리는 나비를 키우는 사람에겐 희망이 있다. 그의 앞엔 재밌는 꿍꿍이가 펼

쳐질 것이다. 나비를 품은 사람은 책 한 권으로 나비의 날 갯짓을 느끼기도 한다. 겨우 날갯짓만 하던 나비가 팔랑 팔랑 날아오르려 할 때 무언가 해보고 싶은 동력이 일어 난다. 작은 나비의 그 날갯짓이 나중에는 무지갯빛으로 자신의 인생 안에 펄럭일지 모른다는 믿음으로.

퇴고하면서 부끄럽고 답답하고 어색했다. 담담하게 풀 어내자는 마음으로 썼지만 그보다 더 많은 되새김과 다짐 들을 얻었다. 세상은 단순한 듯 더욱 복잡해지고, 편리를 가장한 냉혹함이 퍼져간다. 자매애로 엮인 여성의 고유한 특질을 발전시켜 우리가 사는 세상을 조금 더 선하고 아 름답게 가꾸는 데 도움이 된다면 좋겠다.

이 글을 마칠 수 있도록 항상 힘이 되어준, 내게 와준 보 물 예빈과 '효열의 움직이는 숲'에게 끝없는 사랑과 감사 를 보낸다.

경단녀에서 창업자로
내 인생의 컬러 팔레트

김희연 지음

초판 1쇄 발행 2025년 4월 25일

펴낸이 이민·유정미
편집인 최미라
디자인 사이에서

펴낸곳 이유출판
주소 34630 대전시 동구 대전천동로 514
전화 070-4200-1118
팩스 070-4170-4107
전자우편 iu14@iubooks.com
홈페이지 www.iubooks.com
페이스북 @iubooks11
인스타그램 @iubooks_14

ⓒ김희연 2025

ISBN 979-11-89534-67-7 (03810)